C'EST À MOI QUE TU PARLES ?
CRR
QU'EST-CE QUE T'ATTENDS POUR RÉPONDRE...
ESPÈCE DE NAZE ?!
JE T'AVAIS BIEN DIT QU'IL NE FALLAIT PAS LUI CHERCHER DES POUX !
D... DÉSOLÉ, MEC !
QUAND ON S'EXCUSE, ON NE PREND PAS LES GENS DE HAUT !
TU VAS TE METTRE À GENOUX...
ET ME DEMANDER PARDON À LA FAÇON DES MINABLES DANS TON GENRE !

QU'EST-CE QUE TU MARMONNES, DEPUIS TOUT À L'HEURE ?
!
TU REGRETTES TON ERREUR, GROS LARD ?
BEN... EUH...
OUI, C'EST EXACTEMENT ÇA !
DÉSOLÉ D'AVOIR BLOQUÉ LE PASSAGE...
HÉ HÉ !
TU AS PIGÉ ? ALORS BAISSE LA TÊTE ! ALLEZ, ENCORE PLUS BAS !
PAF !!
JE SUIS UN MINABLE, C'EST VRAI...
MAIS IL Y A QUAND MÊME PIRE QUE MOI !
DANS MA CLASSE, CETTE DISTINCTION REVIENT...

À YAMADA !
À PREMIÈRE VUE, ON EST TOUS LES DEUX À GENOUX...
MAIS EN Y REGARDANT DE PLUS PRÈS, J'AI UNE CHAUSSURE SUR LA TÊTE...
ALORS QUE YAMADA, LUI...
EST EN TRAIN DE LÉCHER LE PIED DE SON TORTIONNAIRE !
SLURP
SLURP
ÇA FAIT UNE SACRÉE DIFFÉRENCE... QU'IL EN SOIT RÉDUIT À LÉCHOUIL-LER LA PARTIE LA PLUS PUANTE DU CORPS HUMAIN PROUVE QUE CE TYPE EST VRAIMENT LE DER-NIER DES LOSERS !

BIEN, ÇA IRA POUR AUJOURD'HUI... COMME JE SUIS SYMPA, JE TE PARDONNE, GRAS DOUBLE !
POF POF
TU PEUX TE RELEVER... ILS SONT PARTIS !
CLAC
YAMADA DANS TOUTE SA SPLENDEUR...
TOUJOURS AUSSI REPOUSSANT ! SA POSE MÉRITE BIEN UNE PETITE PHOTO...
CLIC
DIS BONJOUR, YAMADA !!
PLUSIEURS RAISONS FONT DE LUI LE ROI DES LOSERS...
B... BON-JOUR ...
PRIMO, IL EST INCAPABLE DE REGARDER SON INTERLOCUTEUR DANS LES YEUX... EN FAIT, POUR CE QUI EST DE LA SOCIABILITÉ, IL FRÔLE LE ZÉRO ABSOLU !

CLIC
SECUNDO, IL EST CRADE...
SES CHEVEUX SONT GRAS, ET IL LUI ARRIVE DE NE PAS SE LAVER PENDANT PLUSIEURS JOURS !
CLIC
D'AILLEURS, JE PARIE QU'IL NE SE BROSSE JAMAIS LES DENTS...
ELLES SONT COMPLÈTEMENT POURRIES !
CLIC
ET PUIS, ÇA FAIT PLUS D'UNE SEMAINE QU'IL PORTE LA MÊME CHEMISE TACHÉE...
IL POURRAIT AU MOINS CHANGER DE FRINGUES !
MAIS LE PIRE DE TOUT...
C'EST QU'IL PUE !
CE N'EST PAS UNE SIMPLE ODEUR DE SALETÉ...
MOI QUI AI L'ODORAT EXTRÊMEMENT DÉVELOPPÉ ET QUI SUIS CAPABLE DE RECONNAÎTRE UNE MULTITUDE DE FRAGRANCES...
JE PEUX AFFIRMER UNE CHOSE : SCHLINGUER À CE POINT-LÀ, C'EST DE L'ART !

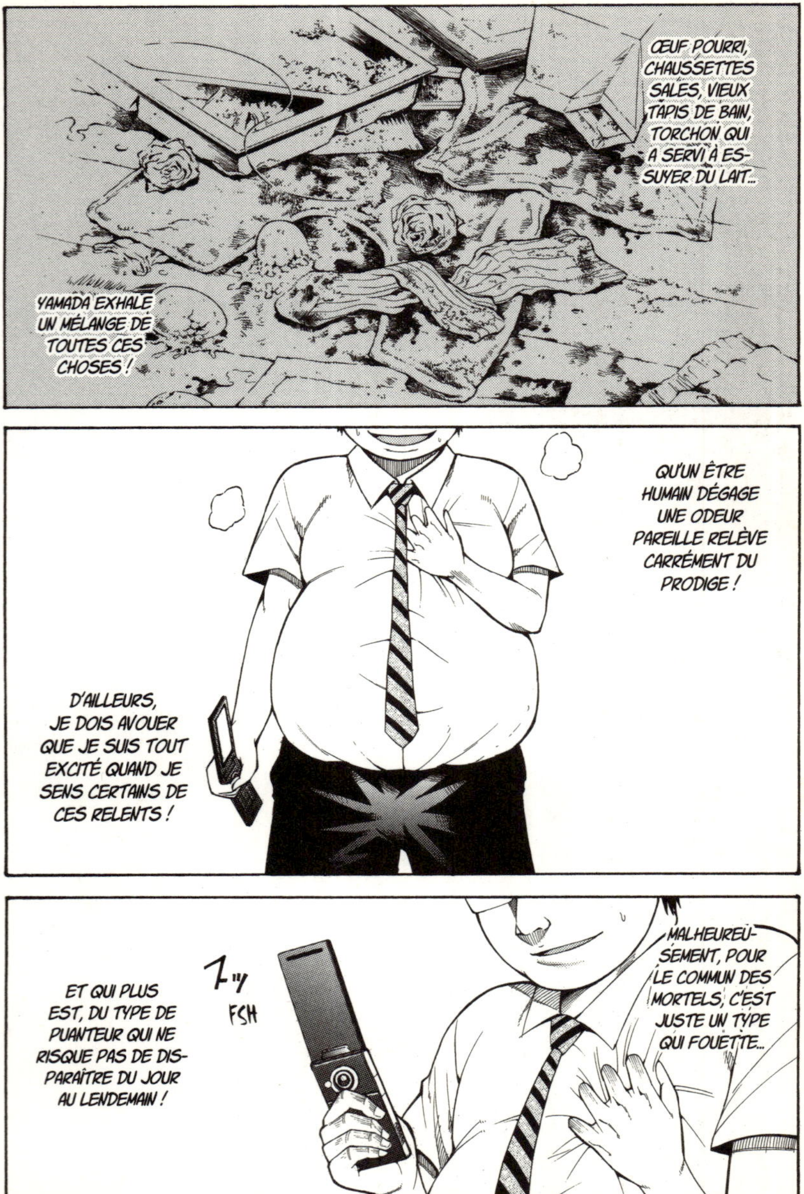
ŒUF POURRI, CHAUSSETTES SALES, VIEUX TAPIS DE BAIN, TORCHON QUI A SERVI À ESSUYER DU LAIT...
YAMADA EXHALE UN MÉLANGE DE TOUTES CES CHOSES !
QU'UN ÊTRE HUMAIN DÉGAGE UNE ODEUR PAREILLE RELÈVE CARRÉMENT DU PRODIGE !
D'AILLEURS, JE DOIS AVOUER QUE JE SUIS TOUT EXCITÉ QUAND JE SENS CERTAINS DE CES RELENTS !
MALHEUREUSEMENT, POUR LE COMMUN DES MORTELS, C'EST JUSTE UN TYPE QUI FOUETTE...
FSH
ET QUI PLUS EST, DU TYPE DE PUANTEUR QUI NE RISQUE PAS DE DISPARAÎTRE DU JOUR AU LENDEMAIN !

BREF, IL A DE QUOI RESTER LE ROI DES RATÉS TOUTE SA VIE !
CLIC
CLIC
CLIC
CLIC
MON PAUVRE YAMADA... JE NE PEUX PAS M'EMPÊCHER DE TE PRENDRE EN PHOTO !
ÇA... ÇA SUFFIT ...
ARRÊTE DE ME PHOTO-GRAPHIER !
QU'EST-CE QUI LUI PREND ? IL NE PROTESTE JAMAIS D'HA-BITUDE...
M... MURAI ...
QUOI DONC ?
J'AI UN TRUC À TE DIRE...
HÉ HÉ HÉ...
BIP
BIP
BIP

J'AI UNE COPINE, MAINTE-NANT !
HEIN ?!
BLA BLA ザワ
BLA BLA ザワ
TU AS ENTENDU ?! YAMADA A UNE MEUF !
REGARDE LA PHOTO ! ELLE EST BEAUCOUP TROP BELLE POUR LUI, NON ?!
SÉ-RIEUX ?!
IMBÉCILE ! C'EST LA TAILLE DE SES NI-CHONS QUI M'ÉTONNE !

C'EST QUOI, CETTE HISTOIRE ?
IL EST MAQUÉ, LUI ?
MAIS QU'EST-CE QUI SE PASSE ?
YAMADA EST DEVENU LE CENTRE D'INTÉRÊT DE LA CLASSE...
OH !
INCROYABLE !
EH BEN !
MATE UN PEU ÇA !
BLA BLA
BLA BLA
JE RÊVE OU TOUS LES GARÇONS LUI FONT DES RONDS DE JAMBE, MAIN-TENANT ?!
ILS ONT LE REGARD...
PLEIN D'ENVIE ET DE JALOUSIE...
GRÂCE À SA PETITE AMIE PLUTÔT BIEN FOUTUE, YAMADA VIENT DE MONTER EN GRADE DANS LA CLASSE !
EH MAIS UNE PETITE SECONDE...
ÇA VEUT DIRE QUE LE DERNIER DES RATÉS...
CRR

ぬっ FSH
ぬっ FSH
OUPS !
ザッ TAP
ザッ TAP
C'EST TOI !!

C'EST BIEN LUI QUI DISAIT QUE LA PIRE DES VERMINES NE MÉRITE PAS DE VIVRE ?
EXACT ! IL PENSE QUE LES LOSERS NE SERVENT À RIEN...
SI ON AP-PLIQUE TON RAISONNE-MENT, MURAI, TU DOIS CREVER !
JE...
BIEN DIT ! À MORT !!
À MORT !
À MORT !
À MORT !
PUISQUE C'EST COMME ÇA...
VLAN
...
BAH ALORS ? TOUJOURS EN VIE ?

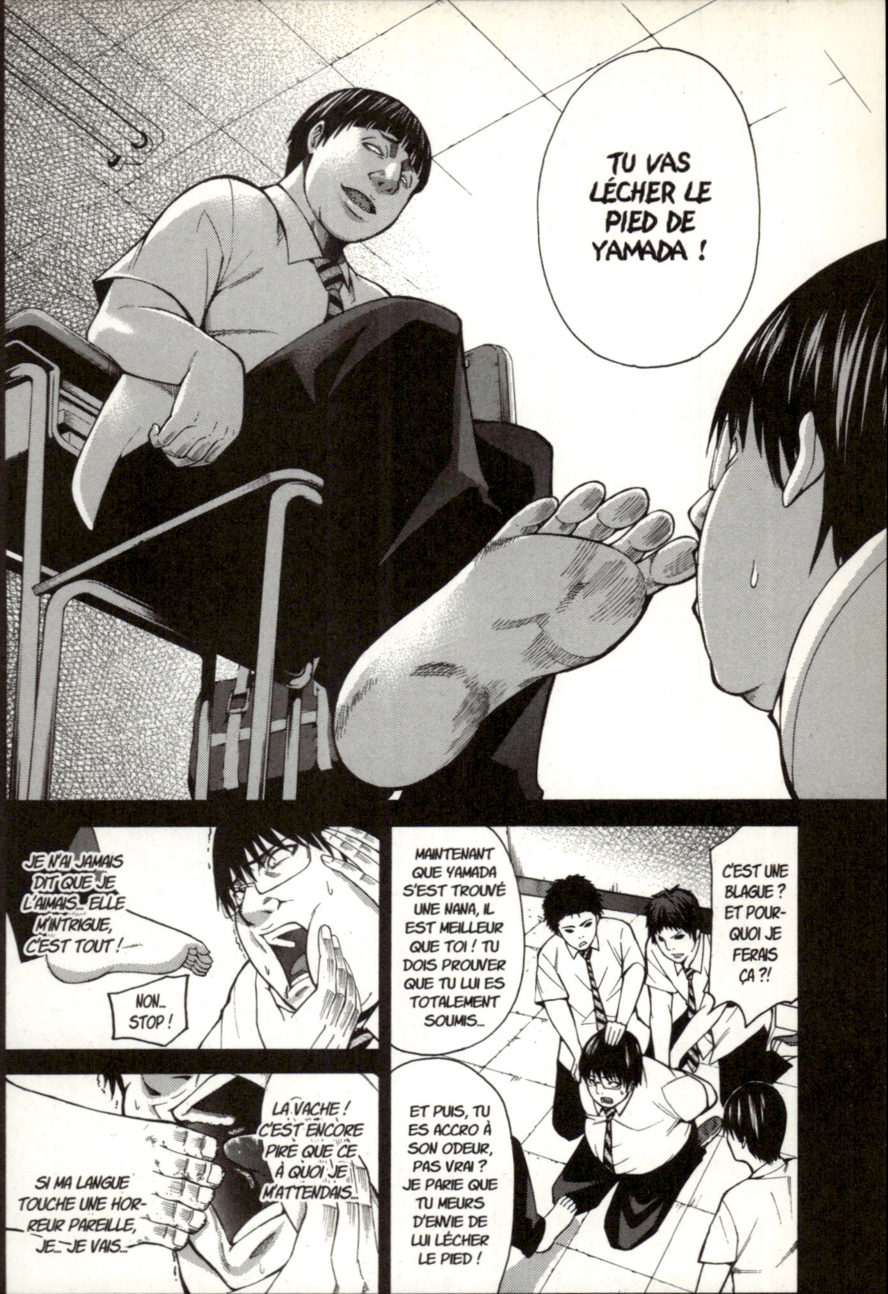
TU VAS LÉCHER LE PIED DE YAMADA !
C'EST UNE BLAGUE ? ET POURQUOI JE FERAIS ÇA ?!
MAINTENANT QUE YAMADA S'EST TROUVÉ UNE NANA, IL EST MEILLEUR QUE TOI ! TU DOIS PROUVER QUE TU LUI ES TOTALEMENT SOUMIS...
ET PUIS, TU ES ACCRO À SON ODEUR, PAS VRAI ? JE PARIE QUE TU MEURS D'ENVIE DE LUI LÉCHER LE PIED !
NON... STOP !
JE N'AI JAMAIS DIT QUE JE L'AIMAIS... ELLE M'INTRIGUE, C'EST TOUT !
LA VACHE ! C'EST ENCORE PIRE QUE CE À QUOI JE M'ATTENDAIS...
SI MA LANGUE TOUCHE UNE HORREUR PAREILLE, JE... JE VAIS...

BLA
BLA
BLA
BLA
OH, ET PUIS ON S'EN FICHE DE SON ODEUR...
BRR
BRR
L'IMPORTANT, C'EST DE NE SURTOUT PAS DEVENIR LE PIRE LOSER DE LA CLASSE !
BRR
LE ROI DES MINABLES...
BIP
BIP
BIP
C'EST YAMADA ET PERSONNE D'AUTRE !!
TOC
EUH... C'EST QUI, SUR LA PHOTO ?
MA COPINE !

ELLE EST JOLIE...
INTELLIGENTE...
ET ELLE SENT BON !
LA FILLE IDÉALE, QUOI !
ELLE EST ENCORE MIEUX QUE TA PETITE AMIE, YAMADA !
HMM ...
QU'EST-CE QU'IL Y A ? TU LA CONNAIS ?
CHIHAYA SATÔ (16 ANS)
DIS...
C'EST VRAI QU'ELLE EST PLUS CANON QUE SA MEUF...
...
CE NE SERAIT PAS HARUKA MIZUSAWA, DES FOIS ?
ELLE LUI RESSEMBLE BEAUCOUP !
SI JE ME SOUVIENS BIEN, ELLE A DÉMÉNAGÉ SUBITEMENT PENDANT NOTRE DERNIERE ANNÉE DE PRIMAIRE...
ON N'ÉTAIT PAS DANS LA MÊME CLASSE, MAIS COMME C'ÉTAIT UNE JOLIE FILLE, TOUT LE MONDE LA CONNAISSAIT !

HA... HARUKA EST UNE AMIE D'ENFANCE...
C'EST VRAI QU'ON HABITE ASSEZ LOIN L'UN DE L'AUTRE, MAIS ON S'AIME...
C'EST CE QU'ON APPELLE UNE RELATION À DISTANCE !
GRAT GRAT
VRAIMENT ?
IL FAUT PLUS QUE DE SIMPLES PHOTOS POUR ME CONVAINCRE !
BLA BLA
SAUF QUE TU ES DANS LE MÊME CAS, JE TE SIGNALE...
BLA BLA
BLA BLA
PERSO, JE PEUX VOUS PROUVER SANS PROBLÈME QUE J'AI UNE COPINE !
MAIS MOI AUSSI...
TRÈS BIEN ! ON VOUS MET AU DÉFI DE MONTRER QUE VOUS SORTEZ BEL ET BIEN AVEC CES NANAS... QUE LE MEILLEUR GAGNE !
OUAIS !

L'AFFAIRE A ÉTÉ VITE RÉGLÉE...
TAP
LA FILLE EN QUESTION A DÉBARQUÉ DANS NOTRE LYCÉE...
Haruka Mizusawa
TAP
TAP
TAP
CAR DÈS LE LENDEMAIN...
TAP

DIS, MIZUSAWA… TU SORS VRAIMENT AVEC MURAI ?
ABSOLUMENT… MASAHIKO MURAI EST MON PETIT AMI ! ♡
OOH…
HI HI !
VOILÀ CE QU'ELLE A DÉCLARÉ…
TOI ET MOI, ON RENTRE ENSEMBLE APRÈS LES COURS ?
EUH… OK…
J'AI SENTI LES REGARDS ENVIEUX DES AUTRES ÉLÈVES SE BRAQUER SUR MOI…
BLA
BLA
À CE MOMENT-LÀ, J'AI COMPRIS QUE TANT QUE J'AURAIS UNE PETITE AMIE, JE NE RISQUERAIS PLUS DE DEVENIR LE ROI DES LOSERS…

ASSURANCES YAMATO
MY ROAD
AFRICA
MEDAL
TAP スタ
TAP スタ
BIP カチ
BIP カチ
DIS-MOI, MIZUSAWA... ENFIN, HARUKA !
QU'EST-CE QU'IL Y A ?
CE SALON DE THÉ ...
ET CETTE ODEUR DE SUCRE TE RAPPELLENT FORCÉMENT QUELQUE CHOSE !
Cafe Simon
DES PAN-CAKES AVEC UNE BOULE DE GLACE À LA VANILLE, NAPPÉS DE SAUCE AUX AIRELLES...
TOI QUI AS LE BEC SUCRÉ, TU ADORAIS ÇA !

OUI, TU AS RAISON... ♡
CES EFFLUVES FONT RESURGIR EN MOI DES SOUVENIRS !
CLIC
J'EN ÉTAIS SÛR ! AVEC SA LÉGÈRE TOUCHE ACIDULÉE, ON RECONNAÎT CE PARFUM ENTRE MILLE...
EN EFFET, ET C'EST CE QUE J'AIMAIS !
PUISQU'ON EST LÀ, AUTANT EN PROFITER POUR MANGER UN MORCEAU, NON ?
DILING
DILING
D'ACCORD ! ♡
DES PANCAKES, S'IL VOUS PLAÎT !
TOUT DE SUITE, MADEMOISELLE.
C'EST VRAI...
SNIF
SNIF
JE ME SOUVIENS DE CET ARÔME !
TOC
...
AU... AU FAIT, JE PEUX TE POSER UNE QUESTION ?
BIEN SÛR, MASAHIKO !

QUI ES-TU ?

QUI JE SUIS ?
ヴチュ
TCHAC
ブニュ〈
PLOF
クチャ
CHOMP
クチャ
CHOMP

HARUKA MIZUSAWA, PARDI !
C'EST FAUX...

...
JE N'INSINUE PAS QU'ELLE N'A JAMAIS EXISTÉ...
ON ÉTAIT AMIS ET ON HABITAIT LE MÊME QUARTIER JUSQU'À LA DERNIÈRE ANNÉE D'ÉCOLE PRIMAIRE...
SEULEMENT...
MÊME SI ELLE SE MONTRAIT TOUJOURS SYMPA AVEC MOI DEVANT LES AUTRES...
DÈS QU'ON SE RETROUVAIT SEULS...
ELLE ME DÉTESTAIT !

NE T'APPROCHE PAS DE MOI, GROS TAS DE GRAISSE !
GLOUPS
FSH
DÉSOLÉE... JE N'AR-RIVE PAS À CROIRE QUE J'AI DIT ÇA !
HI HI !
TU SAIS, LES ENFANTS SE COM-PORTENT SOUVENT DE FAÇON MÉCHANTE AVEC LES GENS QU'ILS AIMENT...

UN NOUVEAU MENSONGE ...
COMMENT ÇA ?
D'ABORD, TU AS AFFIRMÉ CONNAÎTRE CE SALON DE THÉ...
Cafe Simon Donot
LE HIC, C'EST QU'IL N'EST OUVERT QUE DEPUIS SIX MOIS !
IL N'EXISTAIT DONC PAS ENCORE IL Y A CINQ ANS, À L'ÉPOQUE OÙ TU AS DÉMÉNAGÉ...
EUH ...
TU AS PU CONFONDRE AVEC UN AUTRE ENDROIT, C'EST VRAI...
MAIS IL Y A UN TRUC QUE HARUKA DÉTESTAIT ENCORE PLUS QUE MOI...

LES SUCRERIES !
HI HI !
HA HA HA HA HA HA HA HA HA HA !
BRAVO, BIEN JOUÉ !
PARDON... JE VOIS QUE TU AS DÉCOUVERT LE POT AUX ROSES !

FIGURE-TOI QUE CHIHAYA M'A APPELÉE HIER !
ELLE M'A DEMANDÉ SI TOI ET MOI, ON ENTRETENAIT UNE RELATION À DISTANCE...
AU DÉBUT, J'AVOUE QUE JE N'AI PAS TROP APPRÉCIÉ ...
MAIS JE LUI AI DIT QUE J'ALLAIS ÊTRE TRANSFÉRÉE DANS VOTRE LYCÉE, JUSTEMENT...
ET QU'EN ME FAISANT PASSER POUR TA COPINE, ON AURAIT L'OCCASION DE SE MARRER UN BON COUP !
L'IDÉE, C'ÉTAIT DE JOUER LE JEU QUELQUE TEMPS AVANT DE DÉBALLER TOUTE LA VÉRITÉ AUX AUTRES, HISTOIRE DE T'HUMILIER !
J'ÉTAIS LOIN D'IMAGINER QUE TU ME DÉMASQUERAIS SI VITE...
POUR ÊTRE HONNÊTE, JE NE ME SOUVENAIS PLUS TRÈS BIEN DE TOI...
HÉ HÉ !
J'AI RÉPONDU À TES QUESTIONS AU PIF, CE QUI M'A TRAHIE !

ENCORE DES MEN-SONGES !
3

REGARDE CETTE PHOTO...
VSH
C'EST MOI, ET ALORS ?
D'AILLEURS, ON DIRAIT QUE TU EN AS D'AUTRES...
SI JE N'ENTRETENAIS PAS DE RELATION À DISTANCE AVEC HARUKA MIZUSAWA ET SI JE N'AVAIS AUCUN CONTACT AVEC ELLE...
COMMENT J'AURAIS FAIT POUR ME PROCURER CES PHOTOS ?
BONNE QUESTION... COMMENT TU T'ES DÉBROUILLÉ ?
JE LES AI CRÉÉES À PARTIR DE VIEUX CLICHÉS DATANT DE LA PRIMAIRE...
EN ÉTIRANT SA STRUCTURE OSSEUSE ET EN MODIFIANT CERTAINES PARTIES DE SON VISAGE POUR LA VIEILLIR...
WAOUH, C'EST INCROYABLE ! D'AUTANT QUE J'AI VRAIMENT CETTE TÊTE-LÀ, EN VRAI... TU PARLES D'UNE COÏNCIDENCE !
C'EN EST UNE DRÔLE, EN EFFET !
JE VEUX DIRE PAR LÀ QUE CE N'EST PAS LE PORTRAIT QUI TE RESSEMBLE...
MAIS TOI QUI LUI RESSEMBLES TRAIT POUR TRAIT !

HARUKA MIZUSAWA EST MORTE IL Y A CINQ ANS...
AUTREMENT DIT, LA PERSONNE SUR CES PHOTOS N'EST PLUS DE CE MONDE...
ET TOI, TU AS LA MÊME TÊTE QU'ELLE, C'EST TOUT !

ALORS QUI ES-TU, EN RÉALITÉ ?
ARRÊTE UN PEU, TU VEUX ! TOUT LE MONDE EST AU COURANT POUR MON DÉMÉNAGEMENT...
POURQUOI TU RACONTES QUE JE SUIS MORTE ?
...
P...

PARCE QUE JE CONNAIS LA VÉRITÉ SUR LA MORT DE HARUKA MIZU-SAWA !
JE SUIS LE SEUL À SAVOIR...
DE QUELLE MANIÈRE ELLE EST DÉCÉDÉE ...
ET QUI L'A TUÉE !

HARUKA MIZUSAWA A DISPARU IL Y A CINQ ANS...
LA POLICE ÉTAIT PERSUADÉE D'ÊTRE CONFRONTÉE À UN ENLÈVEMENT ET A CHOISI DE PASSER SOUS SILENCE LES DÉTAILS DE L'AFFAIRE. C'EST POURQUOI LES FLICS ONT RACONTÉ À L'ÉCOLE QUE HARUKA AVAIT SIMPLEMENT DÉMÉNAGÉ...
D'APRÈS LES ÉLÉMENTS DE L'ENQUÊTE, L'AUTEUR DES FAITS ÉTAIT VRAISEMBLABLEMENT UN VOISIN ! LE PROFIL DU COUPABLE SE DESSINAIT PEU À PEU...
C'ÉTAIT UN CHÔMEUR D'UNE QUARANTAINE D'ANNÉES QUI PASSAIT SES JOURNÉES CLOÎTRÉ CHEZ LUI ! BREF, UN REBUT DE LA SOCIÉTÉ...
UN TYPE AUSSI PUANT QU'UN TAS D'ORDURES EN DÉCOMPOSITION !
AU FINAL, LA POLICE N'A PAS PU RÉUNIR ASSEZ DE PREUVES POUR L'ARRÊTER...
MAIS MOI, JE CONNAIS LE FIN MOT DE L'HISTOIRE !
JE VOIS... ÇA EXPLIQUE POURQUOI TU ES AU COURANT DE SON DÉCÈS !
EH BEN...
PERSO, JE NE CONNAISSAIS PAS LE QUART DE CES INFOS !
ADMETTONS QUE TOUT ÇA SOIT VRAI... QU'EST-CE QUE TU COMPTES FAIRE ?
ON EN RESTE LÀ ?
À MOINS QUE TU N'AIES L'INTENTION DE ME LIVRER À LA POLICE POUR AVOIR USURPÉ L'IDENTITÉ DE TA CHÈRE PETITE HARUKA ?
VLAN

NON... JE VEUX QU'ON CONTINUE À SORTIR EN-SEMBLE !

HI HI !
POURQUOI ÇA ? MAINTENANT QUE TU SAIS QUE JE NE SUIS PAS LA VRAIE HARUKA...
TU N'AS PLUS AUCUNE RAISON DE VOULOIR ÊTRE AVEC MOI !
SI... SI ON APPREND QU'EN RÉALITÉ, JE N'AI PAS DE PETITE AMIE...
JE... JE DEVIENDRAI LE PLUS GROS RATÉ DE TOUTE LA CLASSE...
ET C'EST LA DERNIÈRE DES CHOSES QUE JE SOUHAITE !
JE REFUSE D'ÊTRE MIS DANS LE MÊME SAC QUE LES AUTRES MINABLES !
AH, C'ÉTAIT DONC ÇA !
BIEN, IL FAUT QUE J'Y RÉFLÉCHISSE...
JE T'EN PRIE, ACCEPTE ! JE FERAI TOUT CE QUE TU ME DEMANDERAS !
TU ES SÉRIEUX ? VRAIMENT TOUT ?

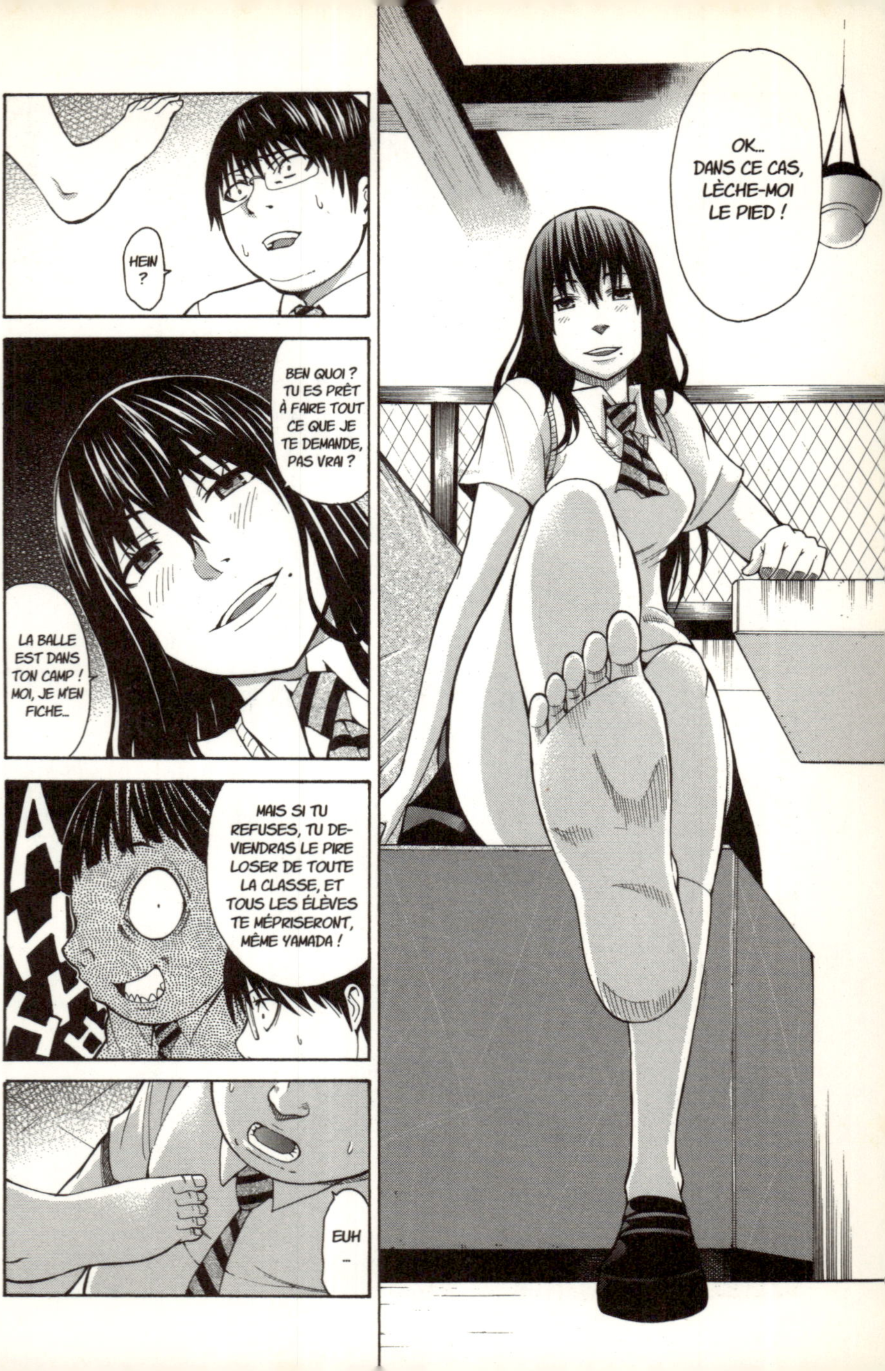
OK... DANS CE CAS, LÈCHE-MOI LE PIED !
HEIN ?
BEN QUOI ? TU ES PRÊT À FAIRE TOUT CE QUE JE TE DEMANDE, PAS VRAI ?
LA BALLE EST DANS TON CAMP ! MOI, JE M'EN FICHE...
MAIS SI TU REFUSES, TU DEVIENDRAS LE PIRE LOSER DE TOUTE LA CLASSE, ET TOUS LES ÉLÈVES TE MÉPRISERONT, MÊME YAMADA !
EUH ...

HÉ...
HÉ HÉ HÉ HÉ HÉ...
JE PEUX PARFAITEMENT SUPPORTER UNE ODEUR COMME CELLE-CI !
SLURP
SLURP
TU ES VRAIMENT RÉPUGNANT, ESPÈCE DE GROS PORC !!
PLAF
GRUIIIK !!
ALORS ? COMMENT TU TE SENS ?
J'AI PIÉTINÉ TA FIERTÉ EN T'OBLIGEANT À ME LÉCHER LE PIED, ET MAINTENANT JE T'ÉCRASE LA TRONCHE...
FUIT
FUIT

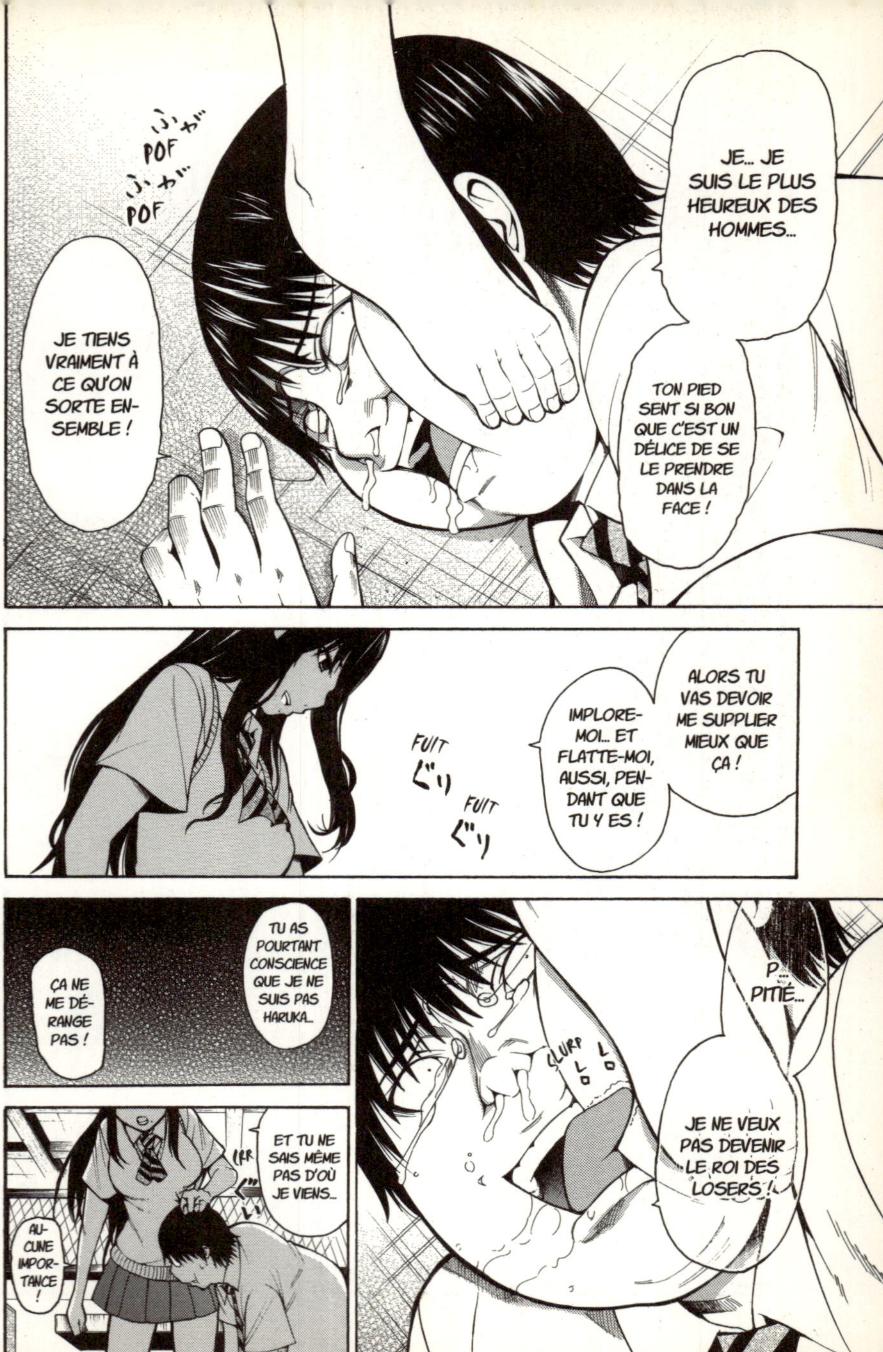

JE... JE SUIS LE PLUS HEUREUX DES HOMMES...
TON PIED SENT SI BON QUE C'EST UN DÉLICE DE SE LE PRENDRE DANS LA FACE !
POF
POF
JE TIENS VRAIMENT À CE QU'ON SORTE EN-SEMBLE !
ALORS TU VAS DEVOIR ME SUPPLIER MIEUX QUE ÇA !
IMPLORE-MOI... ET FLATTE-MOI, AUSSI, PEN-DANT QUE TU Y ES !
FUIT
FUIT
P... PITIÉ...
JE NE VEUX PAS DEVENIR LE ROI DES LOSERS !
SLURP
TU AS POURTANT CONSCIENCE QUE JE NE SUIS PAS HARUKA...
ÇA NE ME DÉ-RANGE PAS !
ET TU NE SAIS MÊME PAS D'OÙ JE VIENS...
AU-CUNE IMPOR-TANCE !

QUI SAIT, PEUT-ÊTRE QUE JE NE SUIS MÊME PAS HUMAINE...
CE N'EST PAS CE PETIT DÉTAIL QUI ME FERA CHANGER D'AVIS !
TOI, ALORS ! DÉCIDÉ-MENT...
TU ES...

UN TYPE GÉNIAL !
ぎゅ
PLOF
J'ACCEPTE DE DEVENIR TA PETITE AMIE !

EN REVANCHE, N'OUBLIE PAS QUE TU AS PROMIS DE M'OBÉIR AU DOIGT ET À L'ŒIL !
ÇA TOMBE BIEN, J'AVAIS JUSTEMENT BESOIN DE QUELQU'UN POUR M'AIDER...
COMPTE SUR MOI !
"C'EST DANS LA POCHE ! PLUS QUESTION DE DEVENIR LE ROI DES MINABLES, À PRÉSENT..."
VOILÀ CE QUE JE ME SUIS DIT...
QUAND CETTE HARUKA MIZUSAWA M'A PRIS DANS SES BRAS...
J'AI PU SENTIR SON ODEUR...
ET J'AI REMARQUÉ QU'ELLE N'AVAIT RIEN À VOIR...
AVEC CELLE DE LA FILLE QUE JE CONNAISSAIS !

ENFIN, PEU IMPORTE...
REGARDEZ UN PEU LES RÉACTIONS DES AUTRES ÉLÈVES !
ALORS QUE LE STATUT PEU ENVIABLE DE ROI DES LOSERS ME PENDAIT AU NEZ...
JE ME SUIS TRANSFORMÉ EN UN TYPE POPULAIRE QUE TOUT LE MONDE ENVIE !

DANS TA FACE, YAMADA !
ÇA Y EST, TU AS PIGÉ QUE LE MINABLE SUPRÊME, C'ÉTAIT TOI ?
VRRR VRRR
J'AI UN APPEL ?
CE NUMÉRO NE ME DIT RIEN...
ALLÔ ?
SALUT, C'EST MOI ! TU ME RECON-NAIS ?
CETTE VOIX...
YAMADA ?
TOUT JUSTE !
POUR-QUOI TU M'AP-PELLES ? QU'EST-CE QUE TU VEUX ?

PSCHT
C'EST POUR ME DIRE ÇA QU'IL M'APPELLE ?
C'EST QUOI, CE BRUIT D'EAU ? IL EST SOUS LA DOUCHE ?
J'AI VU TA PETITE AMIE...
ET JE DOIS AVOUER QU'ELLE EST AUSSI JOLIE EN VRAI QUE SUR LA PHOTO...
À PRÉSENT, C'EST MON TOUR...
MAIS JE NE VAIS PAS ME CONTENTER D'UNE QUELCONQUE PREUVE...
QU'EST-CE QU'IL RACONTE ?
LA MIENNE SERA IRRÉFUTABLE !

COMMENT ÇA ?
UN MOYEN IRRÉFUTABLE DE PROUVER QU'IL SORT AVEC UNE FILLE...
+
UN BRUIT DE DOUCHE...
=
SEXE !!
J'Y CROIS PAS !
ATTENDS, YAMADA ! TU BRÛLES LES ÉTAPES, LÀ !
HÉ HÉ ! C'EST TROP TARD, MON PLAN EST DÉJÀ ENTRÉ DANS SA PHASE FINALE !
JE NE VAIS PAS RACCROCHER POUR QUE TU PUISSES SUIVRE NOS ÉBATS EN DIRECT... JE TE GARANTIS QUE TU VAS EN CREVER D'ENVIE !
QUOI ?!

IL VEUT QUE JE L'ÉCOUTE S'ENVOYER EN L'AIR ?
CE MEC EST VRAIMENT ABJECT, MA PAROLE !
HORS DE QUESTION... QU'IL AILLE SE FAIRE VOIR !
TAC
TU... TU AS FINI DE TE DOUCHER, MAYA ? TU VIENS ME REJOINDRE ?
HEIN ?
TA PEAU EST SI DOUCE...
ET TU SENS TELLEMENT BON...
NON, N'ÉTEINS PAS LA LUMIÈRE !
JE N'Y VERRAIS PLUS RIEN...

ET JE NE VEUX PAS PERDRE UNE MIETTE DU SPECTA-CLE !
J'AI ENVIE DE TE CA-RESSER PARTOUT...
LAISSE-MOI T'ENLEVER CETTE SER-VIETTE...
...
ENREGISTREMENT
ON
OFF
カチッ
BIP
ゴクッ
GLOUPS

MAYA... C'EST DINGUE QUE TU SOIS AUSSI MAGNIFIQUE...
ET JOLIE... DOUCE... HYPER SEXY, QUOI !
RAAH, JE NE PEUX PLUS ATTENDRE !
ドキ BOBOM
ドキ BOBOM
ガサゴソ FRSH FRSH
ドキ BOBOM
HEIN ? AH, DÉSOLÉ... C'EST TA PREMIÈRE FOIS ? ÇA TE GÊNE SI JE T'ÉCARTE LES JAMBES COMME ÇA ?
D'ACCORD, JE FERME LES YEUX...

FSH
JE M'ALLONGE ET JE NE BOUGE PLUS... TU AS CARTE BLANCHE !
HAN
DOUCEMENT... SI TU ME SUCES AUSSI FORT...
HAN
OK, JE VAIS TE LA METTRE...
HAN
HAN
OOH... AAH... RALENTIS...
HAN
JE SUIS DÉJÀ TRÈS PROFOND ...
EH, DOUCEMENT ! TU VAS TROP VITE ! OOH... HEIN ?!
HAN
HAN
ATTENDS... TU ES VRAIMENT TROP BRUTALE, LÀ !
HAN
DIS, TU M'ÉCOUTES, MAYA ?
HAN
HAN
HAN
HAN
RALENTIS UN PEU, PARCE QUE SINON...
HAN

AAA-
AAAAH
!!!

JE ME SUIS BIEN RÉGALÉE !
BURP

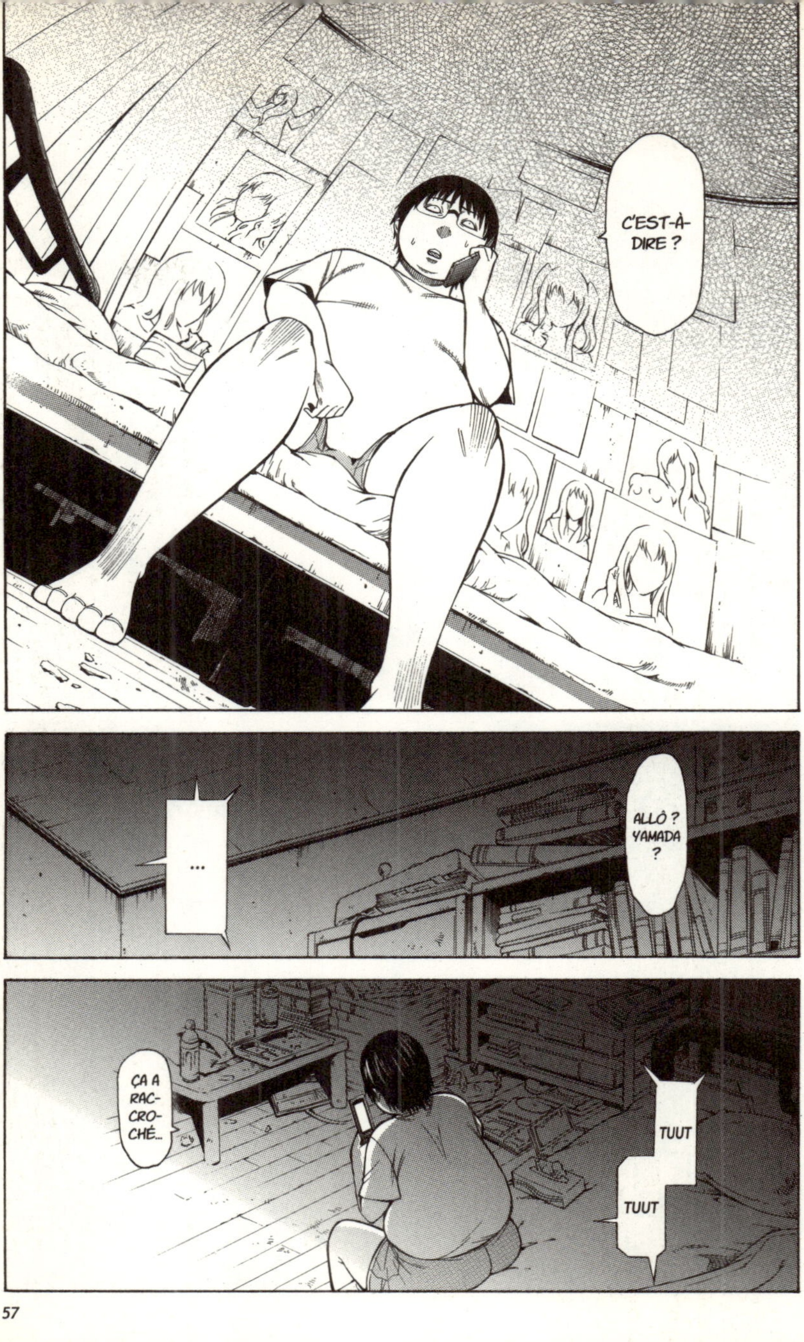
C'EST-À-DIRE ?
ALLÔ ? YAMADA ?
...
ÇA A RACCROCHÉ...
TUUT
TUUT

LE LENDEMAIN, JE SUIS ALLÉ AU LYCÉE, COMME D'HABITUDE...
POUR Y PASSER UNE JOURNÉE BANALE...
DANS UNE AMBIANCE NORMALE...
ET COMME TOUS LES JOURS...
SALUT ...
YAMADA ÉTAIT LÀ !
SEULEMENT, MOI, JE N'AI PAS MON PAREIL POUR DÉCELER LES PETITS CHANGEMENTS CHEZ LES GENS...

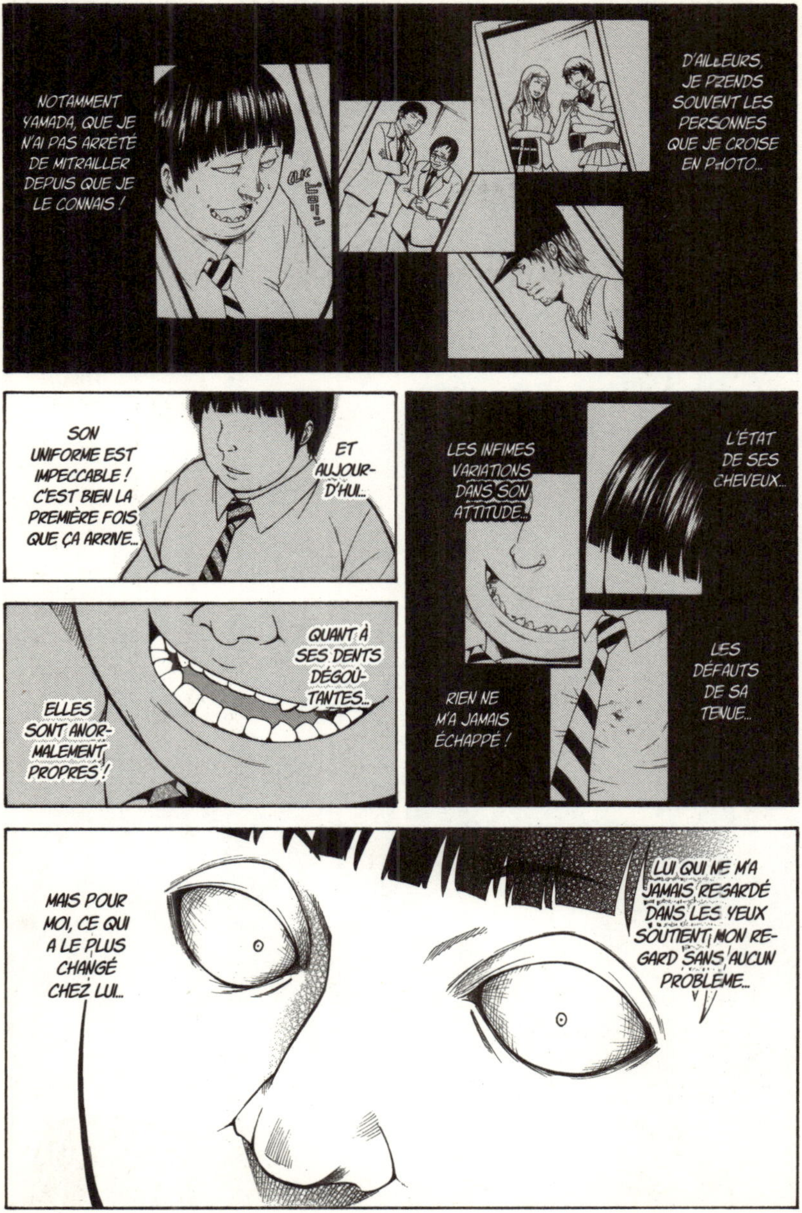
D'AILLEURS, JE PRENDS SOUVENT LES PERSONNES QUE JE CROISE EN PHOTO...
NOTAMMENT YAMADA, QUE JE N'AI PAS ARRÊTÉ DE MITRAILLER DEPUIS QUE JE LE CONNAIS !
ET AUJOURD'HUI...
SON UNIFORME EST IMPECCABLE ! C'EST BIEN LA PREMIÈRE FOIS QUE ÇA ARRIVE...
L'ÉTAT DE SES CHEVEUX...
LES INFIMES VARIATIONS DANS SON ATTITUDE...
LES DÉFAUTS DE SA TENUE...
RIEN NE M'A JAMAIS ÉCHAPPÉ !
QUANT À SES DENTS DÉGOÛTANTES...
ELLES SONT ANORMALEMENT PROPRES !
LUI QUI NE M'A JAMAIS REGARDÉ DANS LES YEUX SOUTIENT MON REGARD SANS AUCUN PROBLÈME...
MAIS POUR MOI, CE QUI A LE PLUS CHANGÉ CHEZ LUI...

SALUT, MURAI !
C'EST SON ODEUR !
CETTE COMBINAISON SI PARTICULIÈRE N'A PAS PU MUTER COMME ÇA, DU JOUR AU LENDEMAIN !
À CELLE DE LA FAUSSE HARUKA MIZUSAWA !
CE N'EST PLUS LE MÊME...
ET LA NOUVELLE SENTEUR QU'IL DÉGAGE RES-SEMBLE...

Épisode 2

EST-CE QUE...
TOUT VA BIEN ?
TU ES QUI...
OU PLUTÔT QUOI ?
EUH, YAMADA... À PROPOS D'HIER, AU TÉLÉPHONE...

BONJOUR, MASAHIKO !
PLOF
Épisode 2 : L'odeur de la mort

DITES... DE QUOI VOUS ÉTIEZ EN TRAIN DE PAR-LER ? JE PEUX ME JOINDRE À VOUS ?
D... DÉSOLÉ, C'EST PERSO...

ALLEZ, QUOI...
ON POURRAIT DISCUTER, TOUS LES TROIS !
EUH... MAIS...
QU'EST-CE QUE TU EN PENSES, YAMADA ?
GLOUPS
OUI, BONNE IDÉE !
FSH
HÉ HÉ !

DEPUIS QUAND VOUS ÊTES AUSSI PROCHES ?
QU'EST-CE QUE TU AS DIT ? JE N'AI RIEN ENTENDU !
EUH ...
LAISSE TOMBER...
SENS UNIQUE

TU NE TROUVES PAS QUE YAMADA EST DIFFÉRENT ?
PEUT-ÊTRE... JE NE SAIS PAS TROP ...
MAIS SI, ENFIN !
IL EST DEVENU TRÈS SERVIA-BLE !
EN PLUS D'ÊTRE CARRÉMENT PLUS SYMPA...
SI UN JOUR JE TE QUITTE ET QU'IL EST TOUJOURS AUSSI COOL...

TU DEVIENDRAS LE ROI DES LOSERS, Y A PAS PHOTO !
VOUS ÊTES AUSSI REPOUSSANTS L'UN QUE L'AUTRE, C'EST VRAI... MAIS EN PLUS DE ÇA, TOI, TU AS L'ESPRIT TORDU ET TU ES LOIN D'ÊTRE SOCIABLE !
...
BAH... NE T'EN FAIS PAS, JE N'AI PAS L'INTENTION DE TE LARGUER !
JE T'AIME MALGRÉ TES DÉFAUTS...
HA HA HA !
ET PUIS...

TU FERAS TOUT CE QUE JE TE DIRAI, PAS VRAI ?
OUI, BIEN SÛR...
GRAT GRAT
TU VEUX QUE JE T'AIDE, C'EST ÇA ?
EXACT ! CONTENTE DE VOIR QUE TU N'AS PAS OUBLIÉ...
QU'EST-CE QUE TU ATTENDS DE MOI, AU JUSTE ?
TU N'ARRÊTES PAS DE RÉPÉTER QUE TU NE VEUX SURTOUT PAS DEVENIR UN RATÉ...
DU COUP, TU PASSES TON TEMPS À RECHERCHER DES GENS PIRES QUE TOI...
...
ET TU LES PHOTOGRAPHIES AVEC TON PORTABLE, POUR CONSERVER PRÉCIEUSEMENT LEUR IMAGE...
BREF, TU CONNAIS TOUT UN TAS DE PERSONNES QU'ON POURRAIT FACILEMENT QUALIFIER DE MINABLES !

JE TE DONNE CINQ JOURS, AUTREMENT DIT JUSQU'À MERCREDI PROCHAIN, POUR ME PRÉSENTER UN DE CES LOSERS !
?
TU N'AS PAS COMPRIS ? BON, JE VAIS FAIRE SIMPLE, ALORS...
AMÈNE-MOI QUELQU'UN QUI NE MÉRITE PAS DE VIVRE !
TOI-MÊME, TU RÉPÈTES À TOUT BOUT DE CHAMP QUE LA RACAILLE NE DEVRAIT PAS EXISTER...
TU VOIS OÙ JE VEUX EN VENIR ?
MAIS QU'EST-CE QUE TU COMPTES FAIRE UNE FOIS QUE JE T'AURAI AMENÉ CETTE PERSONNE ?
ÇA...

C'EST UN SECRET ! ♡
AH OUI...
ET LAISSE YAMADA DE CÔTÉ, OK ?
AH BON ?
POURQUOI ?
PARCE QU'IL FAIT PARTIE DE MES "CAMARADES", MAINTENANT !

SNIF SNIF
SNIF SNIF
QU'EST-CE QU'ELLE SOUS-ENTEND PAR "CAMARADES" ?
YAMADA N'EST PLUS DU TOUT LE MÊME...

J'AI UNE COPINE, MAINTE-NANT !
À PRÉSENT, C'EST MON TOUR...
ILS SONT DEVENUS AMIS DU JOUR AU LENDEMAIN...
HÉ HÉ !
IL FAIT PARTIE DE MES "CAMARA-DES"...
JE ME SUIS BIEN RÉGALÉE !
PEUT-ÊTRE QUE JE NE SUIS MÊME PAS HUMAINE...

NON ...
JE ME FAIS DES FILMS...
SI JAMAIS IL ARRIVAIT QUOI QUE CE SOIT À LA PERSONNE QUE JE SUIS CENSÉ LUI AMENER...
BIP BIP BIP
BON, COMMENT JE VAIS LA JOUER ?
UNE SECONDE... JE TIENS LE CANDIDAT IDÉAL !

UN MEURTRIER RÉCIDIVISTE ...
CETTE ORDURE DE KIYOSHI OONO FERA TRÈS BIEN L'AFFAIRE !
LE DIMANCHE SUIVANT...
BANQUE ASAHI
HONOBONO LAKE
HONOBONO LAKE
ACOM
PROMISE
HANAHARU
COURS D'ANGLAIS
SŒURS DE YAKUZA

MON PLAN EST VRAIMENT FOIREUX...
ÇA FAIT PLUS D'UNE SEMAINE QUE J'AI PRIS CE MEC EN PHOTO !
IL A TOUJOURS FAIT PREUVE D'UNE GRANDE AUDACE ET DE BEAUCOUP DE RUSE POUR COMMETTRE SES CRIMES...
SACHANT CELA, JE DEVRAIS RÉUSSIR À LE RETROUVER FACILEMENT ! À TOUS LES COUPS, IL RESTE EXPRÈS EN VILLE ET ÉVITE LES TRANSPORTS EN COMMUN... ET JE PARIE QU'IL SORT LE DIMANCHE, QUAND LES RUES SONT NOIRES DE MONDE !
IL PORTE SÛREMENT UNE SORTE DE DÉGUISEMENT...
CE QUI N'EST PAS UN PROBLÈME POUR MOI, VU QUE JE ME SOUVIENS PARFAITEMENT DE CE QU'IL SENTAIT...

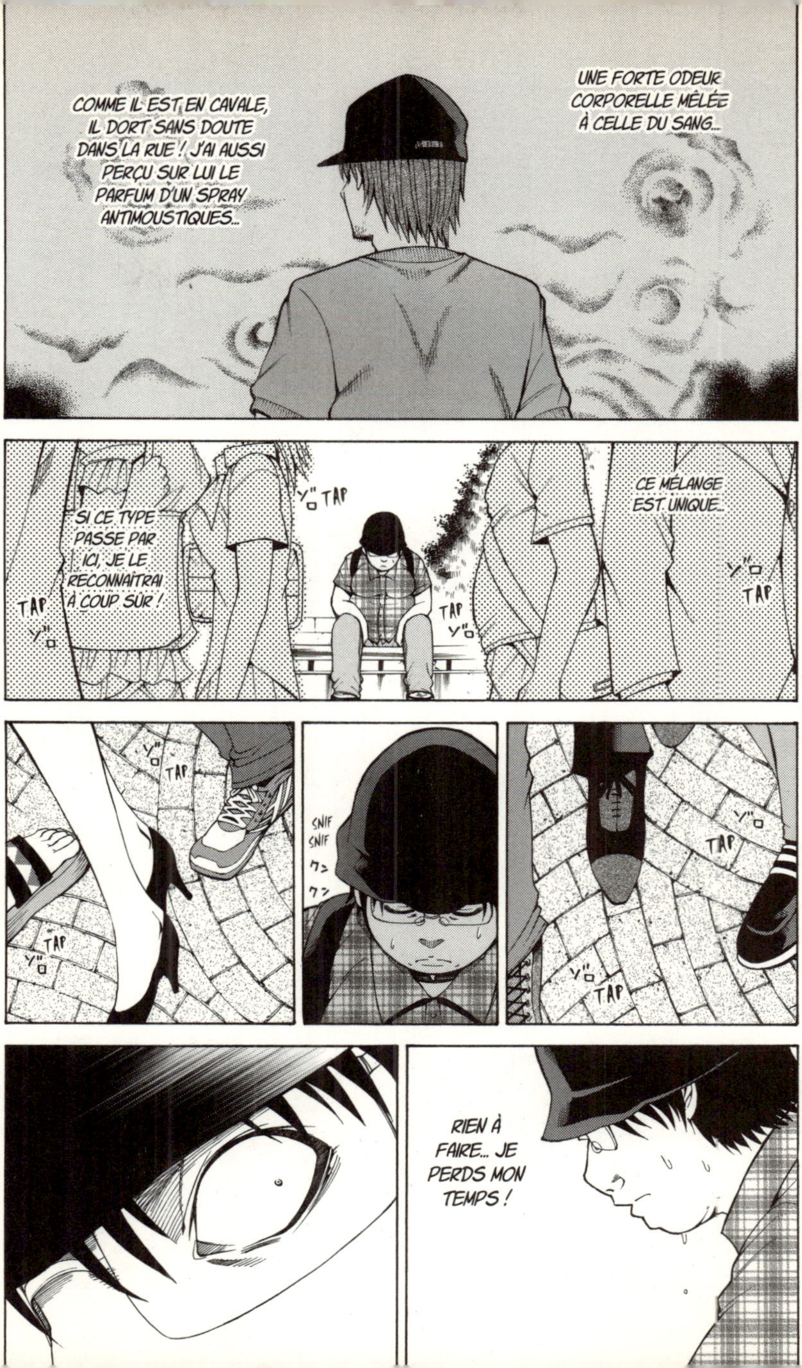
UNE FORTE ODEUR CORPORELLE MÊLÉE À CELLE DU SANG...
COMME IL EST EN CAVALE, IL DORT SANS DOUTE DANS LA RUE ! J'AI AUSSI PERÇU SUR LUI LE PARFUM D'UN SPRAY ANTIMOUSTIQUES...
CE MÉLANGE EST UNIQUE...
ゾロ TAP
ゾロ TAP
TAP ゾロ
SI CE TYPE PASSE PAR ICI, JE LE RECONNAÎTRAI À COUP SÛR !
TAP ゾロ
ゾロ TAP
ゾロ TAP
SNIF SNIF クン クン
ゾロ TAP
TAP ゾロ
RIEN À FAIRE... JE PERDS MON TEMPS !

C'EST MON HOMME !
グイ
FUIT
BLA
BLA
ザワ
BLA
BLA
ザワ
BLA
BLA
TAP
タッ
TAP
タッ
TAP
タッ
TAP
タッ
TAP
タッ
TAP
タッ

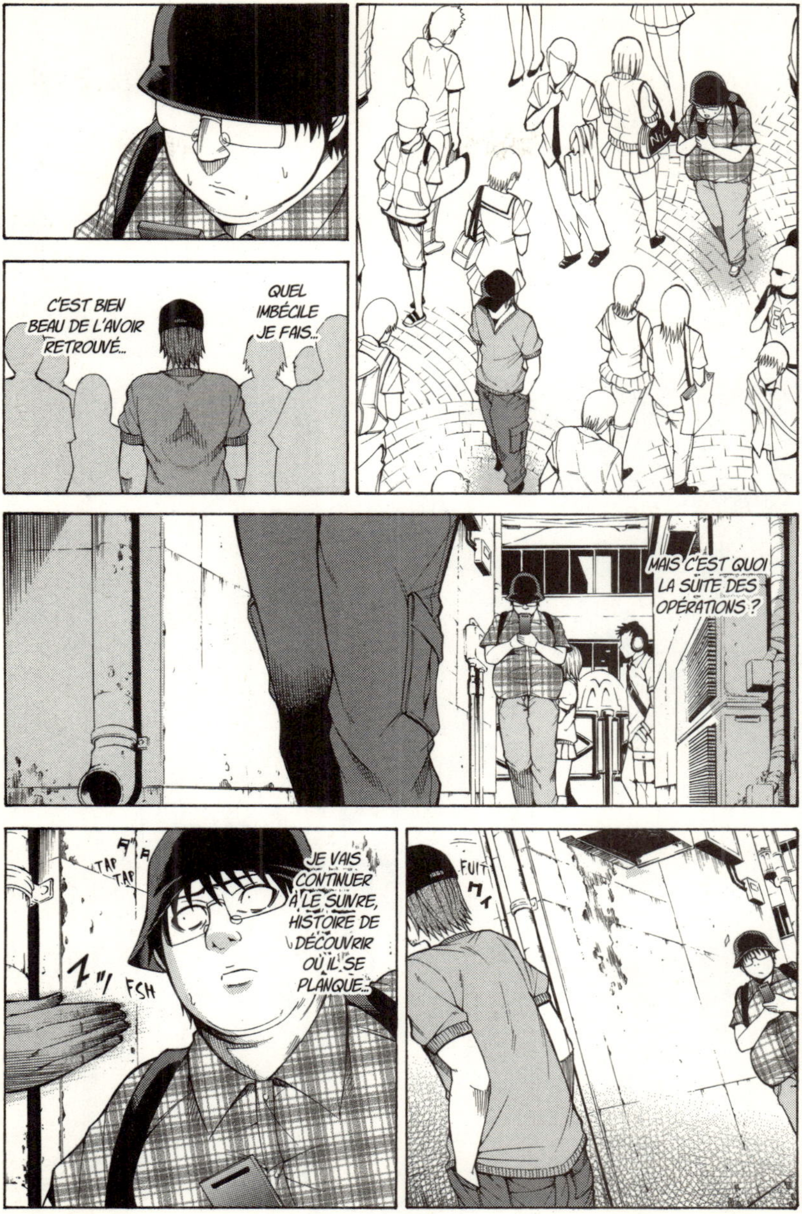
QUEL IMBÉCILE JE FAIS...
C'EST BIEN BEAU DE L'AVOIR RETROUVÉ...
MAIS C'EST QUOI LA SUITE DES OPÉRATIONS ?
FUIT
JE VAIS CONTINUER À LE SUIVRE, HISTOIRE DE DÉCOUVRIR OÙ IL SE PLANQUE...
TAP TAP
FSH

ガッ
PLAF
ドッ
BOUM
ギッ
POF
QU'EST-CE QUE TU ME VEUX ?

RIEN DU TOUT... JE PASSAIS LÀ PAR HASARD...
ESSAIE PAS DE M'EMBROUILLER ! TU ME SUIS DEPUIS UN BON MOMENT !!
VIDE TON SAC...
TCHAC
OU JE TE PLANTE !
JE...
JE SUIS ...
VOTRE PLUS GRAND FAN !

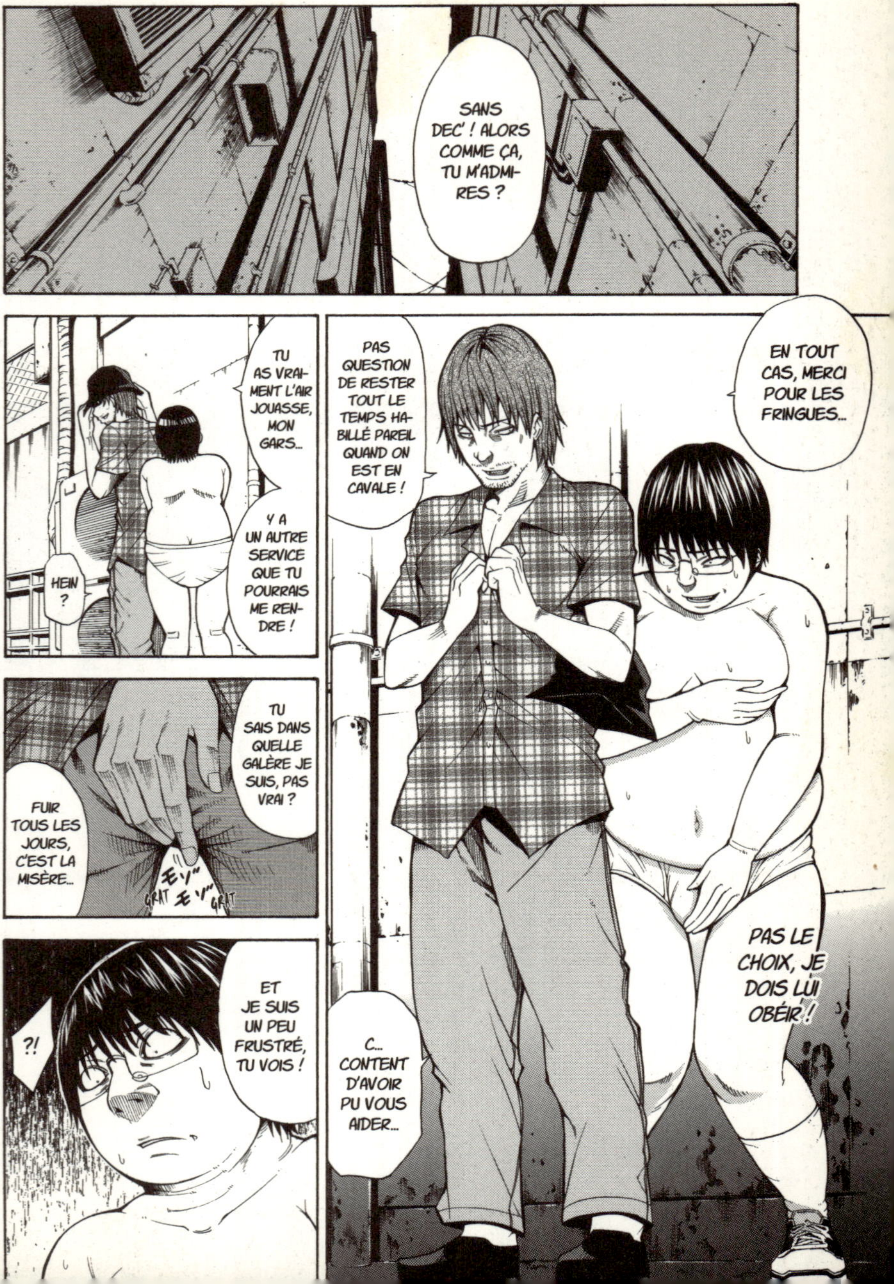
SANS DEC' ! ALORS COMME ÇA, TU M'ADMIRES ?
EN TOUT CAS, MERCI POUR LES FRINGUES...
PAS QUESTION DE RESTER TOUT LE TEMPS HABILLÉ PAREIL QUAND ON EST EN CAVALE !
C... CONTENT D'AVOIR PU VOUS AIDER...
PAS LE CHOIX, JE DOIS LUI OBÉIR !
TU AS VRAIMENT L'AIR JOUASSE, MON GARS...
Y A UN AUTRE SERVICE QUE TU POURRAIS ME RENDRE !
HEIN ?
TU SAIS DANS QUELLE GALÈRE JE SUIS, PAS VRAI ?
FUIR TOUS LES JOURS, C'EST LA MISÈRE...
GRAT GRAT
ET JE SUIS UN PEU FRUSTRÉ, TU VOIS !
?!

À GENOUX !
HEIN ? MAIS...
BEN QUOI ? TU FAIS PARTIE DE MES ADMIRA-TEURS, JE ME TROMPE ?
TU DEVRAIS ÊTRE RAVI DE ME DONNER UN COUP DE MAIN !
ペチ POF
ペチ POF
JE NE LE RÉPÉTE-RAI PAS DEUX FOIS...
ALORS DÉPÊCHE !
...

POURQUOI JE DEVRAIS FAIRE ÇA ?
IL EST EN CAVALE DEPUIS UN SACRÉ BOUT DE TEMPS...
ZIP
EN CLAIR, SI J'OBÉIS...
ZIIP
IL VA FALLOIR QUE JE SUPPORTE UNE PUANTEUR CENT FOIS PIRE QUE CELLE DE YAMADA !
OUVRE LA BOUCHE !
JE N'IMAGINE MÊME PAS À QUAND REMONTE SON DERNIER BAIN... SON MACHIN DOIT PUER LA MORT !
EH !
EH OH !
BON SANG, TU M'ÉCOUTES ?!
AÏE !
PAF
POURQUOI TU RICANES COMME ÇA ? C'EST RÉPUGNANT !
C'ÉTAIT DANS MA TÊTE...
PLIC PLIC
ALLEZ, SORS-LE !
QUOI ? MON...

À TON AVIS ?! TON PORTE-FEUILLE, PUTAIN !
AH ! C'EST DE L'ARGENT QUE VOUS VOULEZ ?
FSH
20 000 YENS ? PAS MAL, POUR UN GAMIN !
AVEC ÇA, JE VAIS POUVOIR ME PAYER DU BON TEMPS !
ALLEZ, SALUT ! ET IL NE S'EST RIEN PASSÉ, D'ACCORD ?
TAP TAP
TAP
O... OK...

POURQUOI JE ME RETROUVE DANS CETTE GALÈRE ?
J'AI BIEN FAILLI ME FAIRE TUER, AUJOUR-D'HUI !
POURQUOI JE DEVRAIS OBÉIR À CETTE FILLE ?

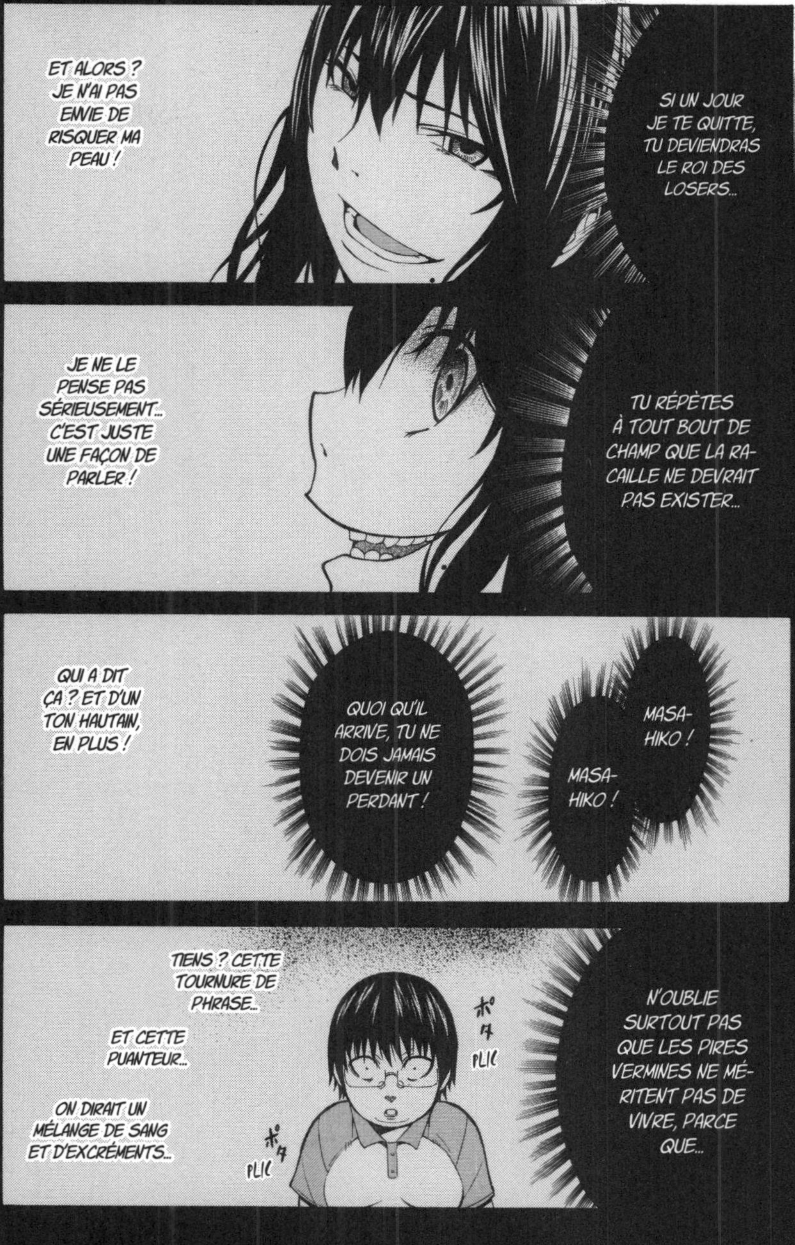
SI UN JOUR JE TE QUITTE, TU DEVIENDRAS LE ROI DES LOSERS...
ET ALORS ? JE N'AI PAS ENVIE DE RISQUER MA PEAU !
TU RÉPÈTES À TOUT BOUT DE CHAMP QUE LA RACAILLE NE DEVRAIT PAS EXISTER...
JE NE LE PENSE PAS SÉRIEUSEMENT... C'EST JUSTE UNE FAÇON DE PARLER !
MASA-HIKO !
MASA-HIKO !
QUOI QU'IL ARRIVE, TU NE DOIS JAMAIS DEVENIR UN PERDANT !
QUI A DIT ÇA ? ET D'UN TON HAUTAIN, EN PLUS !
N'OUBLIE SURTOUT PAS QUE LES PIRES VERMINES NE MÉRITENT PAS DE VIVRE, PARCE QUE...
PLIC
PLIC
TIENS ? CETTE TOURNURE DE PHRASE...
ET CETTE PUANTEUR...
ON DIRAIT UN MÉLANGE DE SANG ET D'EXCRÉMENTS...

C'EST...
L'ODEUR DE LA MORT !
PARCE QUE SI TU DEVIENS CE GENRE DE PERSONNE, TU NE VAUDRAS PAS MIEUX QUE TON PÈRE !

AAAAAAH !!!
HAN
HAN
HAN
HAN
NON …
PAS QUESTION !
JE NE DOIS…
SURTOUT PAS…
DEVENIR LE PIRE DES MINABLES !!
RÉFLÉCHISSONS…
IL DOIT BIEN Y AVOIR UN MOYEN PLUS SIMPLE DE DÉNICHER DES LOSERS !
BIP
BIP
BIP

ET VOILÀ...
COMME ÇA, C'EST DÉJÀ PLUS FACILE !
LE MERCREDI SUIVANT...
ALORS, TU AS QUELQUE CHOSE POUR MOI ? ♡
OUI, BIEN SÛR ...

J'AI DONNÉ RENDEZ-VOUS À QUELQU'UN À 22 HEURES À L'ADRESSE NOTÉE SUR CE BOUT DE PAPIER ! C'EST TOUT PRÈS DE LA GARE...
AH OUI ? DÉCRIS-LE-MOI !
J'IGNORE COMMENT IL S'APPELLE, MAIS C'EST UN HOMME D'UNE TRENTAINE D'ANNÉES QUI PORTERA...
UN BOB NOIR...
UNE CHEMISE À CARREAUX...
ET UN PANTALON BEIGE !
TU N'AURAS AUCUN MAL À LE RECONNAÎTRE...
À PLUS !
ÇA MARCHE, JE ME METS EN ROUTE TOUT DE SUITE !
J'AI HÂTE DE RENCONTRER CETTE PERSONNE CHOISIE PAR TES SOINS... ♡
OUF !
C'EST FAIT... PROBLÈME RÉSOLU !
CRR

* LES BILLETS DE 10 000 YENS SONT À L'EFFIGIE DE YUKICHI FUKUZAWA, UNE PERSONNALITÉ HISTORIQUE DE PREMIER PLAN, NDT.

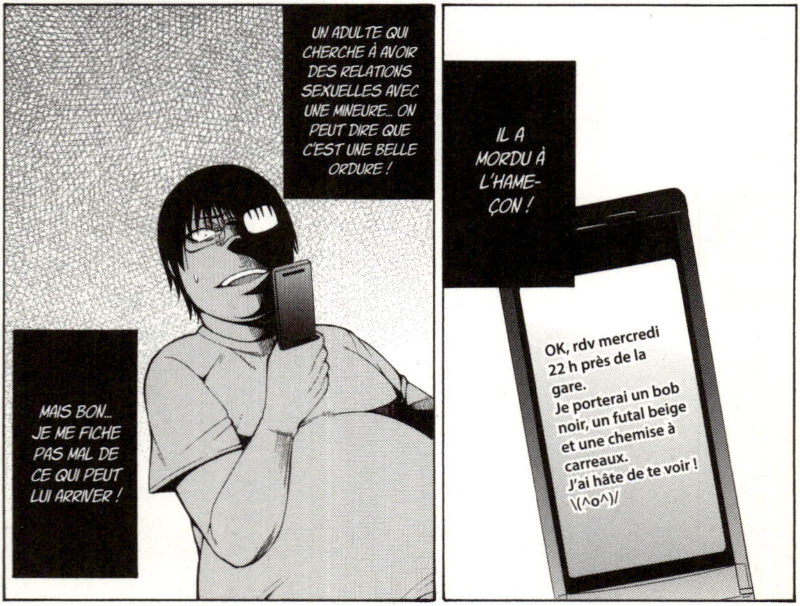

FINALEMENT, JE ME SUIS PEUT-ÊTRE MONTÉ LE BOURRICHON...
À BIEN Y RÉFLÉCHIR...
CETTE FILLE EST FORCÉMENT HUMAINE !
QUANT À YAMADA, IL FAIT SEMBLANT D'ÊTRE NORMAL...
MAIS IL FINIRA BIEN PAR CRAQUER !
SON APPEL DE L'AUTRE FOIS ÉTAIT PEUT-ÊTRE UNE MISE EN SCÈNE SADOMASO...
QUOI QU'IL EN SOIT, J'AI TENU MA PROMESSE !
JE NE SERAI PAS LE ROI DES LOSERS, ET C'EST LE PLUS IMPORTANT...

チュン CUI
チュン CUI
ピンポーン DRING DRING
ピンポーン DRING DRING
ピンポーン DRING DRING
6:47
IL EST SUPER TÔT... QUI ÇA PEUT BIEN ÊTRE ?
OUI, QUI C'EST ?
CLAC ガラ
SALUT, TOI !
HARU-KA ?

JE PEUX ENTRER ?
AH... LAISSE-MOI JUSTE UNE PETITE MINUTE...
FSHHH
CLAC
VAS-Y, FAIS COMME CHEZ TOI !
JE T'ÉCOUTE, QU'EST-CE QUE TU VEUX ?
TU SAIS, LE TYPE D'HIER...
OÙ TU L'AS TROUVÉ ?
IL NE T'A PAS PLU ? DÉSOLÉ ...

EH BIEN, J'AVOUE QUE JE NE M'ATTENDAIS PAS À ÇA...
C'EST VRAI QUE CET HOMME ÉTAIT PARTICULIÈREMENT RÉPUGNANT, MAIS CE N'EST PAS EXACTEMENT CE QUE JE CHERCHAIS !
FLASH SPÉCIAL...
AH BON ? TU M'EN VOIS NAVRÉ...
CE MATIN, SUR UN CHANTIER DE CONSTRUCTION PRÈS DE LA GARE DE...
JE ME SUIS PAS MAL PRIS LA TÊTE LÀ-DESSUS...
UNE IMPORTANTE QUANTITÉ DE SANG A ÉTÉ DÉCOUVERTE ...
SELON LA POLICE, L'INCIDENT REMONTE À LA NUIT DERNIÈRE, AUX ENVIRONS DE MINUIT...
J'AURAIS DÛ MIEUX PRÉVOIR MON COUP...
D'APRÈS LES ÉLÉMENTS TROUVÉS SUR PLACE, TOUT PORTE À CROIRE QU'IL S'AGIT D'UN MEURTRE. L'ENQUÊTE VA DONC SUIVRE SON COURS...
À L'HEURE ACTUELLE, LES SEULS DÉTAILS À AVOIR FILTRÉ CONCERNENT LA TENUE VESTIMENTAIRE DE LA VICTIME...
ON NE S'ENTEND PLUS... JE VAIS ÉTEINDRE LA TÉLÉ !

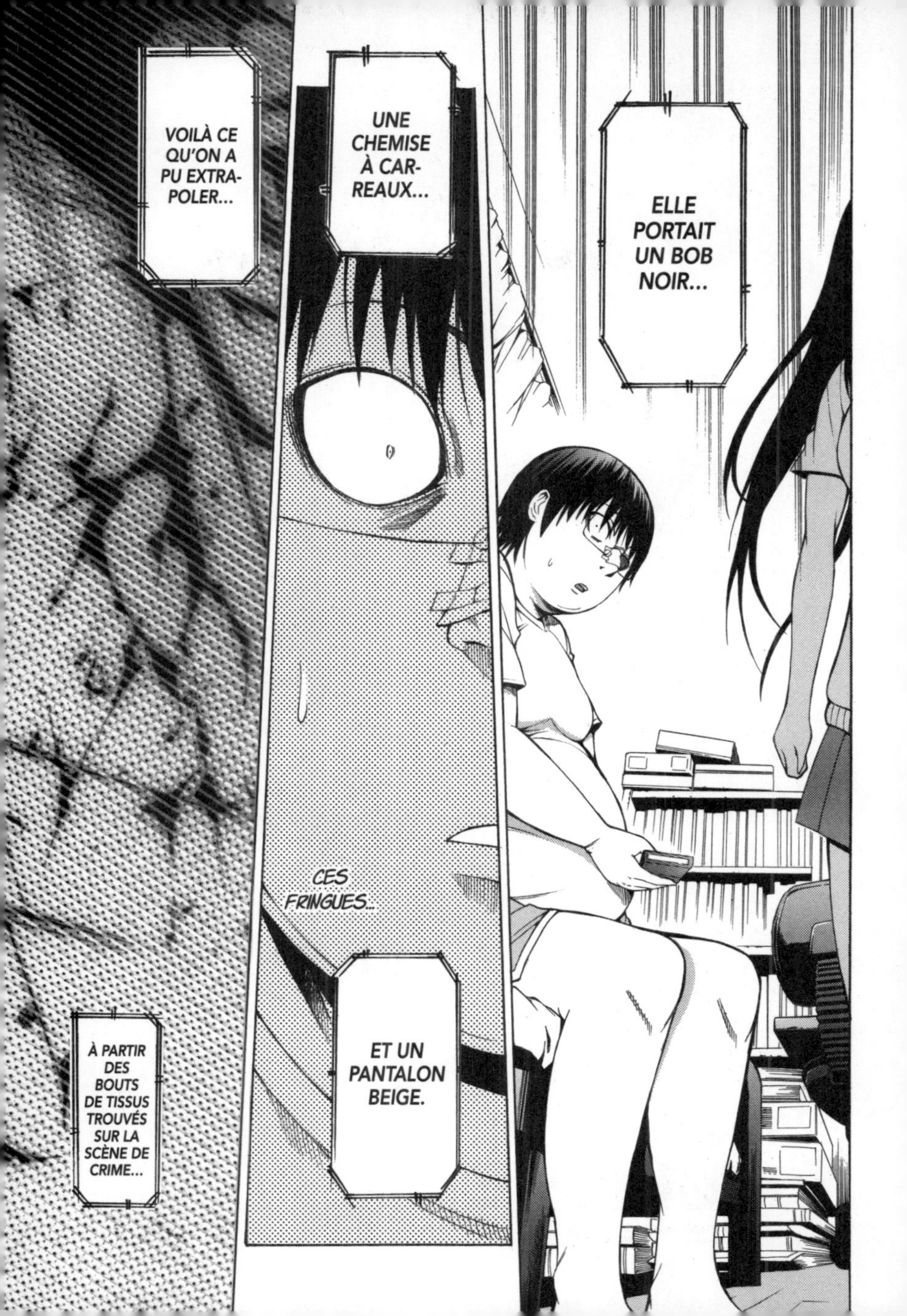
ELLE PORTAIT UN BOB NOIR...
CES FRINGUES...
UNE CHEMISE À CARREAUX...
ET UN PANTALON BEIGE.
VOILÀ CE QU'ON A PU EXTRAPOLER...
À PARTIR DES BOUTS DE TISSUS TROUVÉS SUR LA SCÈNE DE CRIME...

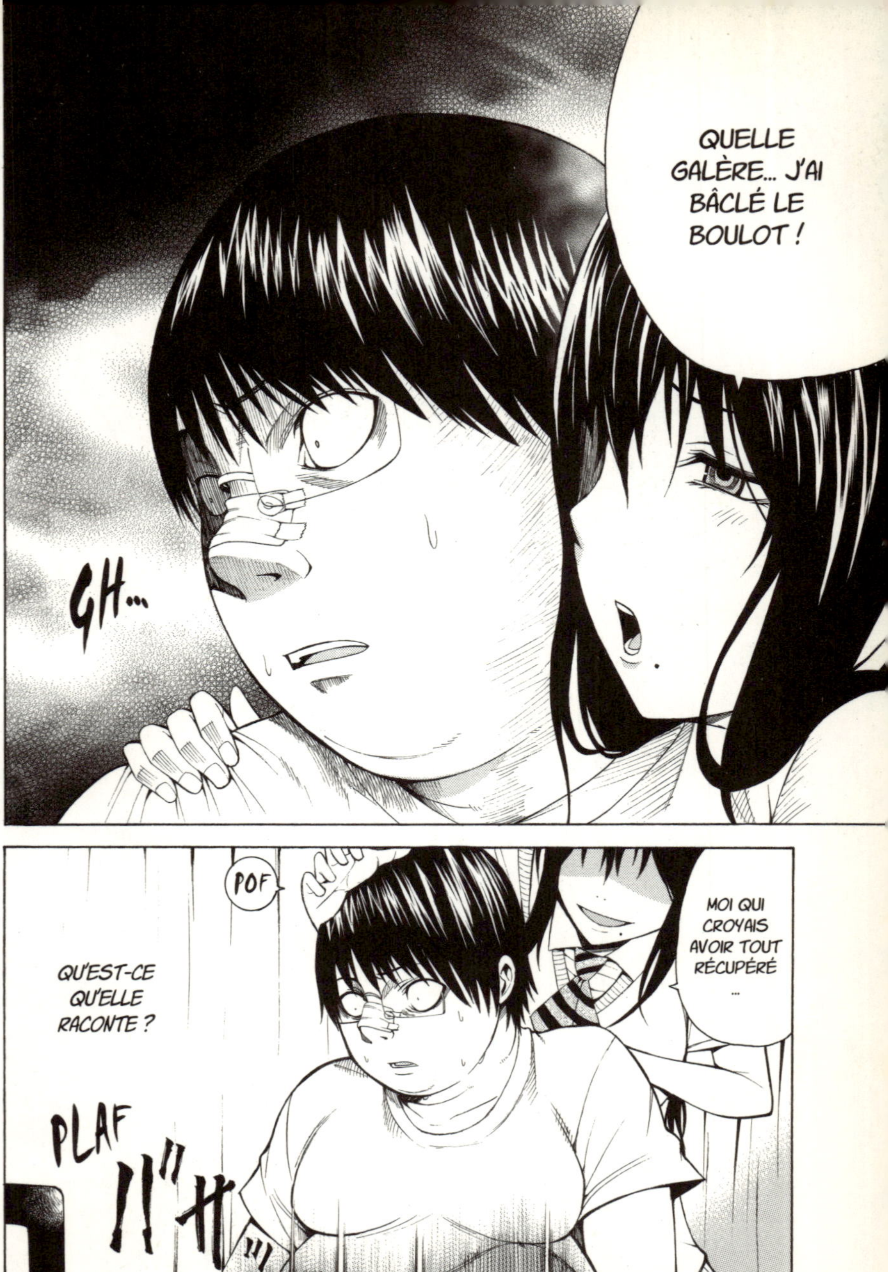
QUELLE GALÈRE… J'AI BÂCLÉ LE BOULOT !
GH…
POF
MOI QUI CROYAIS AVOIR TOUT RÉCUPÉRÉ …
QU'EST-CE QU'ELLE RACONTE ?
PLAF

DU SANG ?!
ELLE... ELLE L'A TUÉ ?!
ET CETTE CHEMISE...

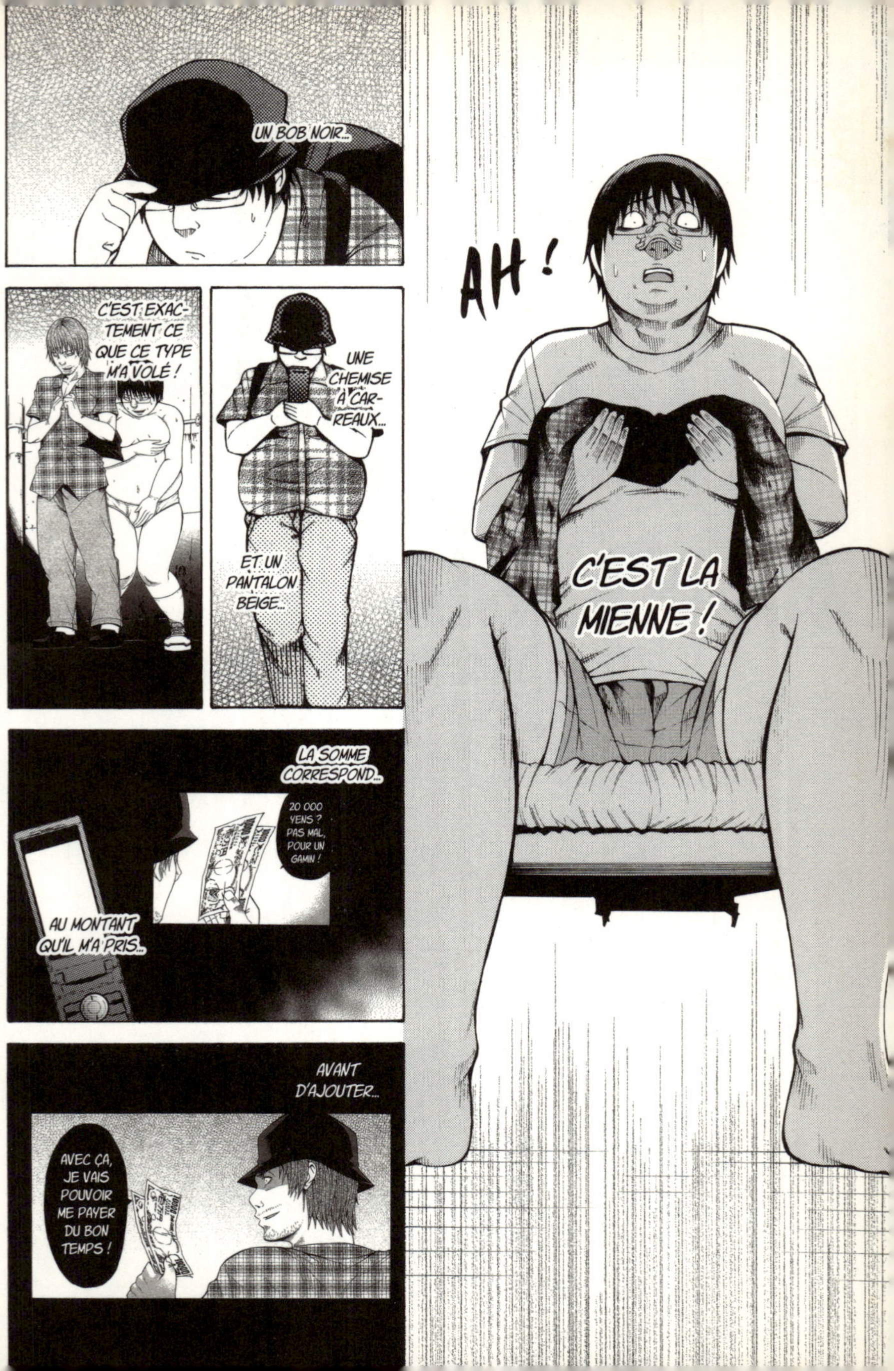
AH !
C'EST LA MIENNE !
UN BOB NOIR...
UNE CHEMISE À CARREAUX...
ET UN PANTALON BEIGE...
C'EST EXACTEMENT CE QUE CE TYPE M'A VOLÉ !
LA SOMME CORRESPOND...
20 000 YENS ? PAS MAL, POUR UN GAMIN !
AU MONTANT QU'IL M'A PRIS...
AVANT D'AJOUTER...
AVEC ÇA, JE VAIS POUVOIR ME PAYER DU BON TEMPS !

LE MEC AVEC QUI HARUKA AVAIT RENDEZ-VOUS HIER...
C'ÉTAIT KIYOSHI OONO, AUCUN DOUTE LÀ-DESSUS !
DIS-MOI, MASAHIKO... TU SAIS CE QUE C'EST, UN COCHON TRUFFIER ?
UN... UN QUOI ?!
QU'EST-CE QU'ELLE ME CHANTE ?
EUH... C'EST UN PORC DONT ON SE SERT POUR TROUVER DES TRUFFES DE PREMIER CHOIX, JE CROIS !
BONNE RÉPONSE !!
POUIC

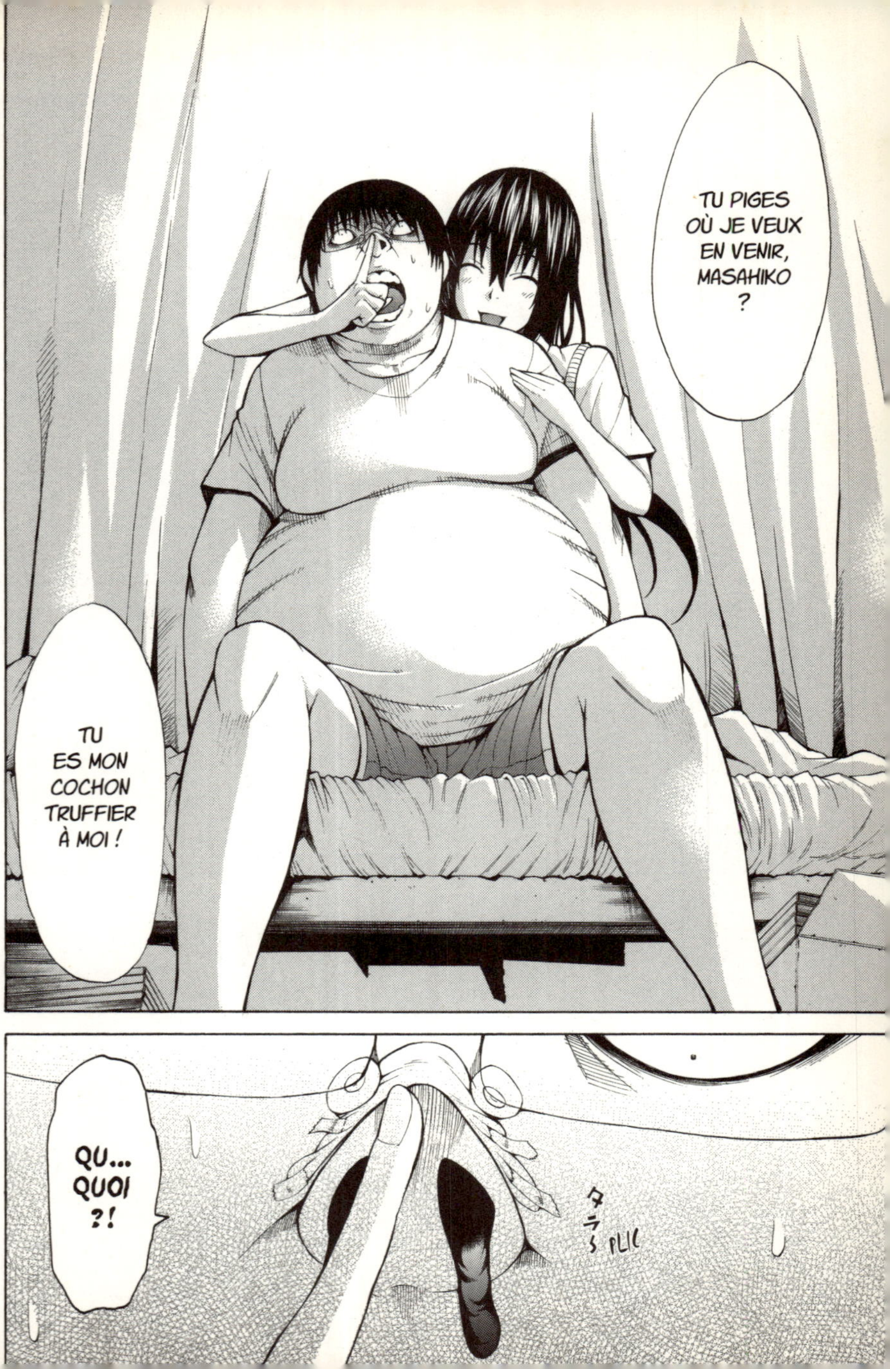
TU PIGES OÙ JE VEUX EN VENIR, MASAHIKO ?
TU ES MON COCHON TRUFFIER À MOI !
QU... QUOI ?!
PLIC

JE TE DONNE UN EXEMPLE ! IL ÉTAIT UNE FOIS UNE HUMAINE AFFAMÉE...
QUI POSSÉDAIT UN COCHON TRUFFIER !
"AH, JE MEURS DE FAIM...
TROUVE-MOI DES TRUFFES DE PREMIER CHOIX, MON PETIT PORC !"
GROINK
MAIS LA JEUNE FILLE AVAIT BEAU ATTENDRE LE RETOUR DE SON COCHON AVEC IMPATIENCE...
HUMPF...
À CHAQUE FOIS, CE DERNIER NE LUI RAMENAIT QUE DES CHAMPIGNONS DE MAUVAISE QUALITÉ !
SON ESTOMAC CRIAIT FAMINE À TEL POINT ...
QUE SON JEÛNE COMMENÇAIT À LA RENDRE FOLLE !
GROUIC
GROUIC
QUE FAIRE ? CONTINUER DE PATIENTER...
OU BIEN ...

MANGER SON GENTIL PETIT CO-CHON ? ♡
SLURP

QU'EST-CE QUE TU FERAIS À SA PLACE ? TU CONTINUERAIS À ATTENDRE CE BON À RIEN DE PORC ?
ALORS SUPPOSONS QUE LA BESTIOLE SOIT GROSSE, BIEN GRASSE ET APPÉTISSANTE...
HAN
HAN
HAN
LA PAUVRE FILLE A VRAIMENT TRÈS, TRÈS FAIM...
TU CROIS QUE L'HUMAINE RÉSISTERAIT À LA TENTATION ?

CROUNCH
TCHAC
CROUNCH
CROUNCH
CROUNCH
TCHAC
TCHAC
TCHAC

AAAAH !

AAAH !
CES TRUCS ENTRENT DANS MON CORPS !
IRR
IRR
IRR
AI... AIDE-MOI, PAR PITIÉ !!
HAN
HAN
JE FERAI MIEUX LA PROCHAINE FOIS !
JE T'EN SUPPLIE, ARRÊTE ÇA !
BRR
TAP
TAP
BRR
HEIN ?
DE QUOI TU PARLES ?
HI HI !
ENLÈVE-MOI CES INSECTES !!

QU'EST-CE QUE TU RACONTES ? JE N'EN VOIS AUCUN !
ILS... ILS ONT DISPARU ?!
ALLEZ, ON SE CALME !
FSH
PUISQUE TU AS PROMIS DE M'OBÉIR AU DOIGT ET À L'ŒIL, POURQUOI JE TE FERAIS DU MAL ?
MAIS GARDE BIEN ÇA EN TÊTE, MASAHIKO ...
JE VEUX DES LOSERS !
CELUI D'HIER ÉTAIT TROP BRUTAL ET TROP RÉSISTANT ...
IL M'EN FAUT DES PLUS DOCILES...
DES TYPES NULS AU POINT QU'ILS NE MANQUERONT À PERSONNE !

BON, TRÊVE DE BAVARDAGES... JE COMPTE SUR TOI POUR MERCREDI PROCHAIN !
J'ESPÈRE QUE TU VAS ME DÉNICHER UN METS DE PREMIER CHOIX !
TU SAISIS, MON PETIT COCHON ? ♡
POUIC
SI JE COMPRENDS BIEN, JE VAIS DEVOIR FAIRE ÇA CHAQUE SEMAINE...
ET SI JE N'Y ARRIVE PAS, UN SORT HORRIBLE M'ATTEND !
BRR
BRR

Épisode 3

JE.. JE DOIS...
PLIC
PLIC
TROU-VER UN PIGEON ...
AVANT MERCREDI PROCHAIN !!
ET APRÈS ?
UN BON GROS NAZE...

TU COMPTES L'ENVOYER À L'ABAT-TOIR...
COMME MOI ?!
FUIT うねり
FUIT うねり

QU'EST-CE QUE TU VEUX DIRE ? JE ME CONTENTE DE PRÉSENTER DES RATÉS À HARUKA, RIEN D'AUTRE...
CE N'EST PAS UN SACRI-FICE...
ARRÊTE DE FAIRE L'INNO-CENT...
TU SAIS TRÈS BIEN QUEL SORT RÉSERVE CETTE FILLE À CEUX QUE TU VAS LUI PRÉSEN-TER !
...
ET ALORS ?
OÙ EST LE PRO-BLÈME ?
SOIT JE LUI OBÉIS, SOIT J'Y PASSE ! LE CHOIX EST VITE FAIT...
C'EST VRAIMENT SI MAL QUE ÇA DE SE FAIRE PAS-SER AVANT LES AU-TRES ?
JE N'AI JA-MAIS DIT ÇA... AU CONTRAIRE, C'EST LE PIED D'ÊTRE ÉGOÏSTE ET DE VIVRE EN NE PENSANT QU'À SA POMME !

Épisode 3 : L'odeur du sang et de la chair

JE ME SUIS ENCORE PISSÉ DESSUS ...
BIP
BIP
BIP
ON EST DÉJÀ LUNDI... IL NE ME RESTE QUE DEUX JOURS !
IL FAUT QUE JE CHOISISSE QUELQU'UN...
BIP
BIP
BIP
QUI FERA PARFAITEMENT L'AFFAIRE !

OUPS, DÉSOLÉE !
PLAF
PAIN À LA CRÈM
PAIN AU CHOCOLAT
PAIN AU CURRY
AÏE... HEIN ?
EXCUSE-MOI, MURAI... TU PEUX RAMASSER CE PAIN ?
OUI, TIENS ...
MERCI !
DE RIEN ...
J'AI ACHETÉ UN PETIT PAIN À CHACUNE !
C'EST PAS TROP TÔT !
OÙ T'ÉTAIS PASSÉE ?
BAS LES PATTES ! CELUI À LA CRÈME EST POUR MOI...
FUIT

TU AS FAIT TOMBER MON PAIN AU CURRY, JE TE SIGNALE... ALORS ON ECHANGE !
AH, MAIS...
PAIN À LA CRÈME
QUOI ? TU NE TIENS QUAND MÊME PAS À CE QUE JE BOUFFE UN TRUC TOMBÉ PAR TERRE ?
...
NON, VOYONS ...
GRAT
GRAT
HÉ HÉ HÉ !
PAS DE PROBLÈME, J'ADORE LE PAIN AU CURRY !
...
DIS-MOI... C'EST QUI, CETTE FILLE ?

AH… C'EST TOI, HARUKA ?
C'EST CHIHAYA SATÔ !
CE NE SERAIT PAS HARUKA MIZUSAWA, DES FOIS ?
JE VOIS… APPAREM-MENT, JE SUIS ALLÉE DANS LA MÊME ÉCOLE QU'ELLE !
POUR FAIRE SIMPLE, CETTE FILLE…
EST LA GROSSE NAZE DE SERVICE !

BIZARRE...
ELLE EST PLUTÔT MIGNONNE, POURTANT !
SI TU VEUX MON AVIS...
COMPARÉES À ELLE, TOUTES LES AUTRES ÉLÈVES SONT DES LAIDERONS !
LA BEAUTÉ NE FAIT PAS PARTIE DE LEURS CRITÈRES DE CLASSEMENT...
AH BON ?
POUR CES NANAS, LE PLUS IMPORTANT, C'EST DE SUIVRE LA MODE...
DU COUP, ELLES S'HABILLENT TOUTES DE LA MÊME FAÇON, DISCUTENT DES MÊMES SUJETS ET ONT TOUTES LES MÊMES OPINIONS !
EN GROS, PLUS ELLES SE RESSEMBLENT, MIEUX ELLES SONT CLASSÉES !
À L'INVERSE, SATÔ SE FICHE DE LA MODE ET NE REGARDE PAS LA TÉLÉ...
ET COMME ELLE A TRÈS PEU DE POINTS COMMUNS AVEC LES AUTRES, ELLE SE RETROUVE "REINE DES LOSERS" !

AUTREMENT DIT, SI CETTE FILLE VENAIT À DISPARAÎTRE...
ÇA NE GÊNERAIT PAS GRAND MONDE, VU QU'ELLE N'A PAS D'AMIS !
PARFAIT... JE PENSE QU'ELLE FERA L'AFFAIRE !!
HEIN ?
TU VEUX DIRE...
POUR MERCREDI ?

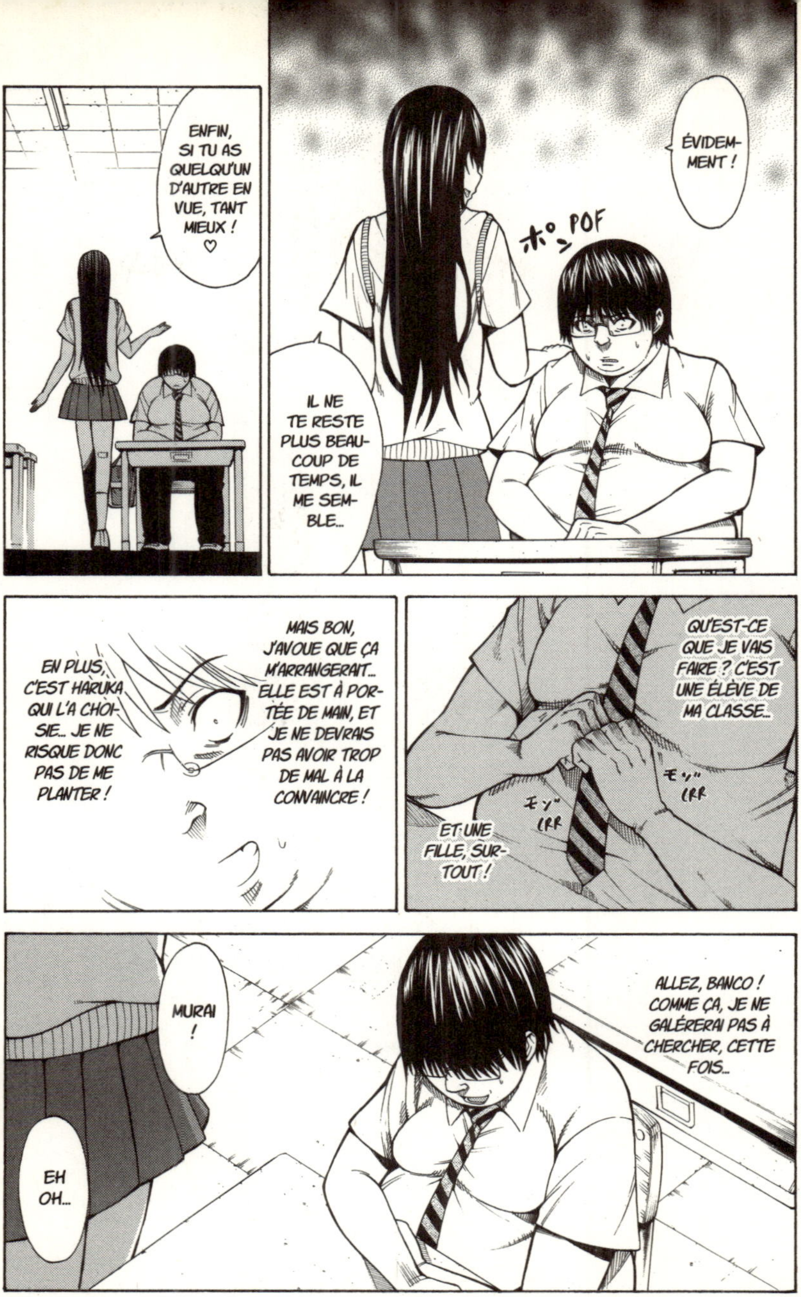
ÉVIDEMMENT !
POF
IL NE TE RESTE PLUS BEAUCOUP DE TEMPS, IL ME SEMBLE...
ENFIN, SI TU AS QUELQU'UN D'AUTRE EN VUE, TANT MIEUX ! ♡
QU'EST-CE QUE JE VAIS FAIRE ? C'EST UNE ÉLÈVE DE MA CLASSE...
CRR
CRR
ET UNE FILLE, SURTOUT !
MAIS BON, J'AVOUE QUE ÇA M'ARRANGERAIT... ELLE EST À PORTÉE DE MAIN, ET JE NE DEVRAIS PAS AVOIR TROP DE MAL À LA CONVAINCRE !
EN PLUS, C'EST HARUKA QUI L'A CHOISIE... JE NE RISQUE DONC PAS DE ME PLANTER !
ALLEZ, BANCO ! COMME ÇA, JE NE GALÉRERAI PAS À CHERCHER, CETTE FOIS...
MURAI !
EH OH...

TU ES DANS LA LUNE ?
!!
S... SATÔ ?! QU'EST-CE QUE TU VEUX ?
DÉSOLÉE DE TE DÉRANGER...
EN FAIT, IL Y A UNE CHOSE DONT J'AIMERAIS TE PARLER...
SÉRIEUX ?
JE T'ATTENDRAI DERRIÈRE LE LYCÉE, APRÈS LES COURS !
BON, D'ACCORD...

BIZARRE... QU'EST-CE QU'ELLE ME VEUT ?
EN TOUT CAS, QUAND UNE FILLE VOUS DEMANDE DE LA RETROUVER DERRIÈRE LE LYCÉE APRÈS LES COURS, EN GÉNÉRAL, ÇA SIGNIFIE...
NON, JE ME FAIS DES IDÉES !
JE... JE SUIS LÀ !
AH, C'EST COOL QUE TU SOIS VENU !
MERCI ...
EXCUSE-MOI DE T'AVOIR DONNÉ RENDEZ-VOUS À L'IMPROVISTE...
C'EST QUOI, CETTE AMBIANCE ? ELLE NE VA QUAND MÊME PAS...
MAIS QUAND TU ES AVEC TA PETITE AMIE, JE NE PEUX PAS ABORDER LE SUJET !
J'AVAIS VU JUSTE !

TU SAIS, CETTE FILLE...
CE N'EST PAS LA VRAIE HARUKA MIZUSAWA !

QUOI ?!
COMMENT...
ELLE EST AU COURANT ?!
QU'EST-CE QUI TE FAIT PENSER ÇA ?
EH BIEN...
HMM...
SI JE TE LE DIS, TU VAS SÛREMENT PENSER QUE JE SUIS BIZARRE...
C'EST UN PEU GÊNANT...
MAIS JE NE RECONNAIS PAS SON ODEUR !

SNIF SNIF
J'AI L'HABITUDE DE SENTIR LES GENS... C'EST UNE MANIE, CHEZ MOI !
SNIF SNIF
MA MÈRE ME RÉPÈTE SANS CESSE QU'ELLE TROUVE ÇA DÉGOÛTANT ET QUE JE DEVRAIS ARRÊTER...
SNIF SNIF
MAIS C'EST PLUS FORT QUE MOI !
JE ME SOUVIENS QU'À L'ÉCOLE PRIMAIRE, MIZUSAWA SENTAIT TRÈS BON...
ET QUE TOUS LES JOURS, J'ALLAIS LA RENIFLER UN PETIT COUP EN CACHETTE !
SNIF SNIF
ALORS QUAND ELLE A ÉTÉ TRANSFÉRÉE DANS NOTRE LYCÉE, J'AI VOULU INHALER DE NOUVEAU SON PARFUM, PAR NOSTALGIE...
MAIS IL AVAIT CHANGÉ DU TOUT AU TOUT !!
ÇA FAIT DÉJÀ CINQ ANS, TU SAIS...
IL SUFFIT QU'ELLE AIT CHANGÉ DE SHAMPOING OU DE SAVON !
NON, ÇA N'A RIEN À VOIR...
PERSONNE NE VEUT ME CROIRE, MAIS JE PEUX T'AFFIRMER QU'UNE PERSONNE GARDE LA MÊME ODEUR TOUTE SA VIE !
MOI, JE TE CROIS...

JE N'EN REVIENS PAS...
TOUS LES DEUX, ON EST PAREILS !
VRAIMENT ? TU VEUX DIRE QUE SI JE ME METTAIS À SENTIR DIFFÉREMMENT, TU T'EN RENDRAIS COMPTE TOUT DE SUITE ?
OUI, BIEN SÛR !
D'AILLEURS, J'AIME BEAUCOUP TON ODEUR, MURAI...
HEIN ?
ZUT !
POF ぱっ
JE T'AI BOUSCULÉ TOUT À L'HEURE, TU TE RAPPELLES ?
OUPS, DÉSOLÉE !
BOUM
EN VÉRITÉ, JE L'AI FAIT EXPRÈS...
JE VOULAIS...
TE RENIFLER EN DOUCE !

FSHHH
カァ
DÉSOLÉE ! JE DOIS TE SEMBLER RÉPUGNANTE...
HA HA !
HI HI !
MAIS NON...
AU FAIT... QU'EST-CE QUE TU PENSES DE L'ODEUR DE YAMADA, EN CE MOMENT ?
EH BIEN ...
MAINTENANT QUE TU EN PARLES, C'EST VRAI QUE CE N'EST PLUS DU TOUT LA MÊME !
ELLE ÉTAIT ASSEZ FORTE ET TRÈS PARTICULIÈRE, AVANT...
N'EMPÊCHE, J'ADORAIS LA SENTIR ME CHATOUILLER LES NARINES !
ON...

ON EST D'ACCORD, ALORS !
FIGURE-TOI QUE MOI AUSSI, J'AI L'HABITUDE DE RESPIRER LE PARFUM DES GENS...
ET JE TROUVAIS CELUI DE YAMADA SPÉCIAL !
HEIN ?!
SÉRIEUX ?!
C'EST LA PREMIÈRE FOIS QUE JE RENCONTRE UNE PERSONNE QUI PARTAGE UN DE MES CENTRES D'INTÉRÊT...
JE ME RENDS COMPTE QU'AVOIR UNE PASSION COMMUNE AVEC QUELQU'UN QUI VOUS COMPREND, C'EST FORMIDABLE !
MERCI, MURAI... J'AI PASSÉ UN TRÈS BON MOMENT !
PAREIL !!
...
ON POURRA DISCUTER DEMAIN ?
BIEN SÛR !!
BONNE SOIRÉE !
MERCI, TOI AUSSI !!
ZUT ! J'AI OUBLIÉ DE LA PRÉVENIR QU'ELLE FERAIT MIEUX D'OUBLIER HARUKA...
SI JAMAIS MA PSEUDO-PETITE AMIE A VENT DE CETTE HISTOIRE, SATÔ SE RETROUVERA EN DANGER !

TA PETITE DISCUSSION EST TERMINÉE, MASAHIKO ? ♡

TU... TU ES LÀ DEPUIS LE DÉBUT ?!
BIEN SÛR ! EN TANT QUE COPINE OFFICIELLE, C'EST NORMAL QUE JE T'ATTENDE ! ♡
OH NON...
ELLE A TOUT ENTENDU !
ALLEZ, ON RENTRE !
O... OK...
SENS UNIQUE

CETTE FILLE EST LA CANDIDATE IDÉALE !

AH... TU TIENS À CE QUE CE SOIT CHIHAYA SATÔ ?
OUI ! EN PLUS, ELLE A L'AIR D'AVOIR DES SOUPÇONS...
ET PUIS, TU M'AS AFFIRMÉ QUE C'ÉTAIT LA LAISSÉE-POUR-COMPTE DE LA CLASSE...
ET QUE SI ELLE VENAIT À DISPARAÎTRE...
ELLE NE MANQUERAIT À PERSONNE !
AH, J'AI DIT ÇA ?
MAIS TU SAIS, J'AI BIEN DISCUTÉ AVEC ELLE TOUT À L'HEURE... ET FRANCHEMENT, ELLE N'EST PAS AUSSI NULLE QU'ON LE PENSE !
UNE MINUTE ! TU NE SERAIS PAS EN TRAIN DE LA DÉFENDRE ?
TU VEUX ME TROMPER, MÉCHANT ?
HUMPF...
À MOINS QUE...
POF

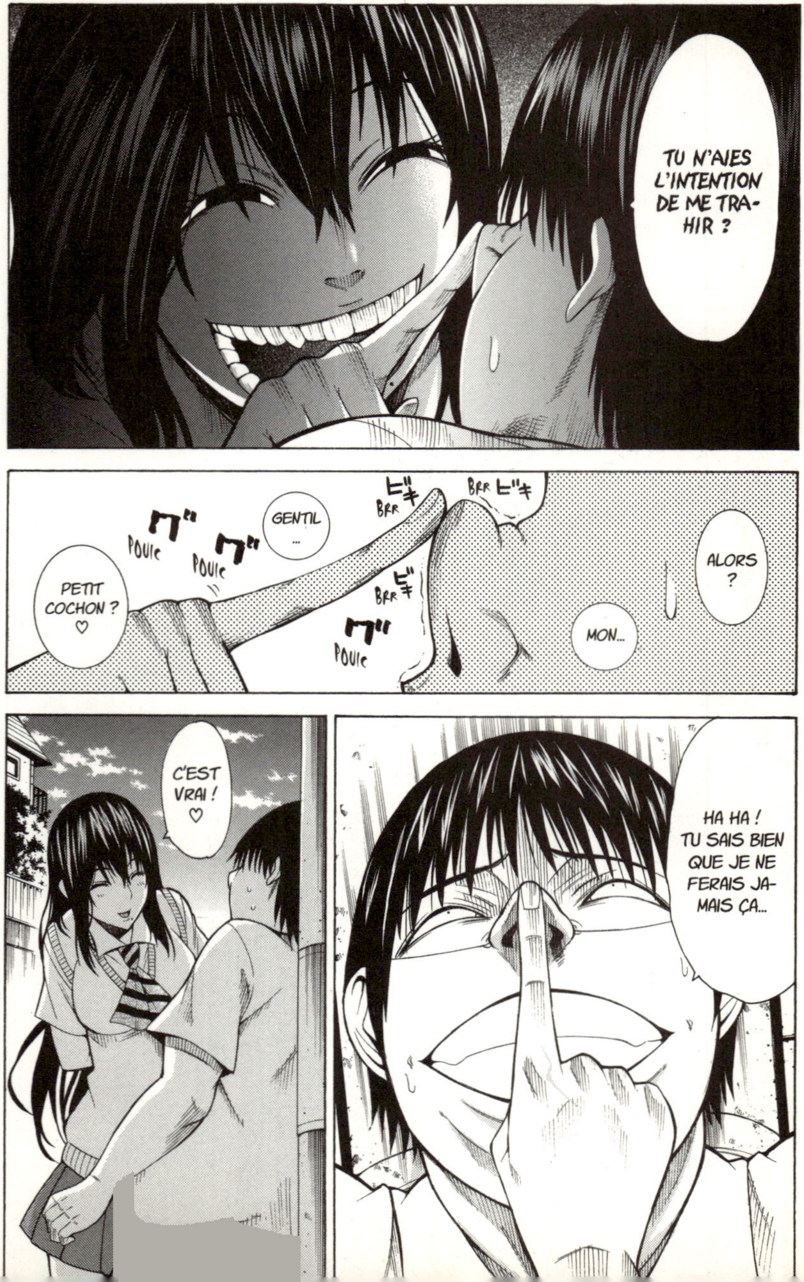
TU N'AIES L'INTENTION DE ME TRA-HIR ?
ALORS ?
MON...
BRR ビキ
BRR ビキ
GENTIL ...
BRR ビキ
グ POUIC
グ POUIC
グ POUIC
PETIT COCHON ? ♡
HA HA ! TU SAIS BIEN QUE JE NE FERAIS JA-MAIS ÇA...
C'EST VRAI ! ♡

QUE FAIRE ?
COMMENT JE VAIS M'EN SORTIR ?
JE NE PEUX QUAND MÊME PAS ENVOYER CHIHAYA DROIT DANS LES GRIFFES DE HARUKA !
QU'EST-CE QUI M'A PRIS...
DE DIRE UN TRUC PAREIL ?

LE MARDI SUIVANT...
BON SANG...
HUMPF...
HUMPF...
COMMENT ARRANGER LA SITUATION ?
HUMPF...
QUE FAIRE ?
BAM
HUMPF...
HUMPF...
HUMPF...
EH, MURAI ! T'AS LE DROIT DE T'EXCUSER, QUAND TU BOUSCU-LES QUEL-QU'UN !
LÂCHE-MOI... CE N'EST PAS LE MOMENT DE VENIR ME GONFLER !

BOUM
TU TE FOUS DE MOI, GROS TAS ?!
AÏE !!
JE TROUVE QUE TU TE LA PÈTES UN PEU TROP, CES DERNIERS TEMPS !
TU COMMENCES À ME COURIR SUR LE HARICOT !!
SALUT, LES GARS ! QU'EST-CE QUE VOUS FAITES ?
M... MIZUSAWA ?! RIEN DE SPÉCIAL...
C'EST FINI...
ALLEZ, LÂCHEZ-MOI LA GRAPPE !
EUH...
NON, CONTINUEZ...
HEIN ?!
MASAHIKO ET MOI, ON EST EN PLEINE QUERELLE D'AMOUREUX... JE ME FICHE BIEN DE CE QUI PEUT LUI ARRIVER !
QUOI ?!

BEN OUI, IL M'A PROMIS UN CADEAU POUR MERCREDI...
MAIS ON EST DÉJÀ MARDI, ET IL NE S'EST ENCORE OCCUPÉ DE RIEN !
TU NOUS DONNES LA PERMISSION DE LUI REFAIRE LE PORTRAIT ?
VOUS AVEZ CARTE BLANCHE !
HÉ HÉ...
HÉ HÉ !
T'AS ENTENDU ÇA, GROS LARD ?
ELLE SE FICHE COMPLÈTEMENT DE CE QUI PEUT T'ARRIVER !
TU PEUX TE VANTER DE M'AVOIR BIEN TAPÉ SUR LES NERFS, CES DERNIERS TEMPS...
ON DEVRAIT EN PROFITER POUR TE CALMER UN PEU !
SI ON APPELAIT NOS POTES ? JE PARIE QU'ILS NE DIRONT PAS NON !
BONNE IDÉE... MAINTENANT QUE YAMADA EST NORMAL, ÇA NE LES AMUSE PLUS DE L'EMMERDER !
ALLEZ, AMÈNE-TOI !
A... ARRÊTEZ !

TU VAS VOIR QUI EST LA PIRE VERMINE DE LA CLASSE !
FUIT FUIT
ズル ズル
LA PIRE... VERMINE...
HARUKA...
D'ACCORD !
TU AURAS TON "CADEAU", COMME CONVENU...
MAIS SORS-MOI DE CE PÉTRIN !
...
HI HI !

MERCI, MASAHIKO ! ♡
VOUS AVEZ ENTENDU, LES GARS ? ON EST RÉCONCILIÉS, JE VOUS INTERDIS DE LEVER LA MAIN SUR LUI ! ♡
QUOI ?
TU TE PAIES NOTRE TÊTE, MA PAROLE ! CE N'EST PAS PARCE QUE TU ES CANON QUE...
FSH
GRR
CRAC
TU ME GONFLES... CASSE-TOI ! ♡
GH...
BYE-BYE !
TAP
TAP

PFIOU, J'AI EU CHAUD...
TIENS, C'EST À TOI...
FSH
J'AI TROUVÉ LE NUMÉRO DE SATÔ...
TU N'AS QU'À LUI DONNER RENDEZ-VOUS DEMAIN, DANS LA CLASSE, APRÈS LES COURS !
JE T'EN PRIE, NE RÉPONDS PAS ! NE DÉCROCHE SURTOUT PAS LE TÉLÉPHONE...
SI ELLE NE RÉPOND PAS, LAISSE-LUI UN MESSAGE !
D'AC-CORD...
FINALEMENT, JE SUIS TOMBÉ SUR SON RÉPONDEUR...
ALLÔ, C'EST MURAI... DÉSOLÉ, JE N'AI PAS PU RESTER, AU-JOURD'HUI !
ÇA TE DIRAIT QU'ON SE RETROUVE DE-MAIN, APRÈS LES COURS ? JE T'ATTENDRAI DANS NOTRE SALLE DE CLASSE...

QUELLE IDIOTE ! J'AI OUBLIÉ MON PORTABLE À LA MAISON...
MOI QUI VOULAIS DEMANDER À MURAI QU'IL ME DONNE SON NUMÉRO, C'EST RÂPÉ !
COMME ÇA...
J'AURAIS PU DISCUTER DE LONGUES HEURES AVEC LUI !
HÉ HÉ...
HÉ HÉ...
ATCHOUM !!
IL EST EN RETARD...
PLIC
PLOC

LE LENDEMAIN...
CE MERCREDI-LÀ, J'AI SÉCHÉ LES COURS POUR LA PREMIÈRE FOIS...
FSHH
SI JE NE VENAIS PAS, SATÔ N'AURAIT AUCUNE RAISON DE RESTER, À LA FIN DE LA JOURNÉE !
C'EST LA SEULE FORME DE RÉSISTANCE QUE J'AVAIS TROUVÉE...
SAUF QU'EN VÉRITÉ...
J'ÉTAIS MORT DE TROUILLE !
JE FLIPPAIS À L'IDÉE DE CE QUI ALLAIT SE PASSER !
C'EST POUR ÇA QUE JE SUIS RESTÉ CHEZ MOI...
ET QUE J'AI DÉCIDÉ DE FAIRE L'AUTRUCHE !

BIENTÔT LA FIN DES COURS...
PING PING
TIENS ? LE VOYANT DE MON PORTABLE CLIGNOTE...
UN APPEL EN ABSENCE ?
SATÔ A ESSAYÉ DE ME JOINDRE !
...
!
SPLASH
FSHHH
HAN
HAN
SPLASH
SPLASH
SPLASH

BON SANG.. POURQUOI ?!
HAN
ELLE DOIT SE TROUVER DERRIÈRE CETTE PORTE...
HAN
HAN
POURVU QU'IL NE SOIT PAS TROP TARD !

ガラ
CLAC
TIENS ? QU'EST-CE QUE TU FAIS LÀ ?
SATÔ ! JE SUIS ARRIVÉ À...
SNIF
SNIF
?!

UNE SECONDE... CE N'EST PAS SATÔ !
LA VRAIE NE SE MAQUILLE JAMAIS ET N'A PAS D'ODEUR PARTICULIÈRE...
SNIF SNIF
MAIS CELLE-LÀ SENT EXACTEMENT COMME HARUKA ET YAMADA !
ET CE N'EST PAS TOUT...
CRR
ON DIRAIT QUE SA PEAU EST TOUTE FLASQUE !
TU SAIS, JE ME SUIS FAIT GRILLER LA POLITESSE PAR YAMADA ! APPAREMMENT, ON AVAIT JETÉ NOTRE DÉVOLU SUR LA MÊME ÉLÈVE...
DANS CES MOMENTS-LÀ, C'EST LE PLUS RAPIDE QUI RAFLE LA MISE, ALORS JE L'AI LAISSÉ FAIRE !
COMMENT ÇA ?!
PEU IMPORTE... LA VRAIE SATÔ EST PEUT-ÊTRE ENCORE LÀ !
TAP
EUH... SI J'ÉTAIS TOI, JE N'ENTRERAIS PAS !

IL EST EN PLEINE ACTION...

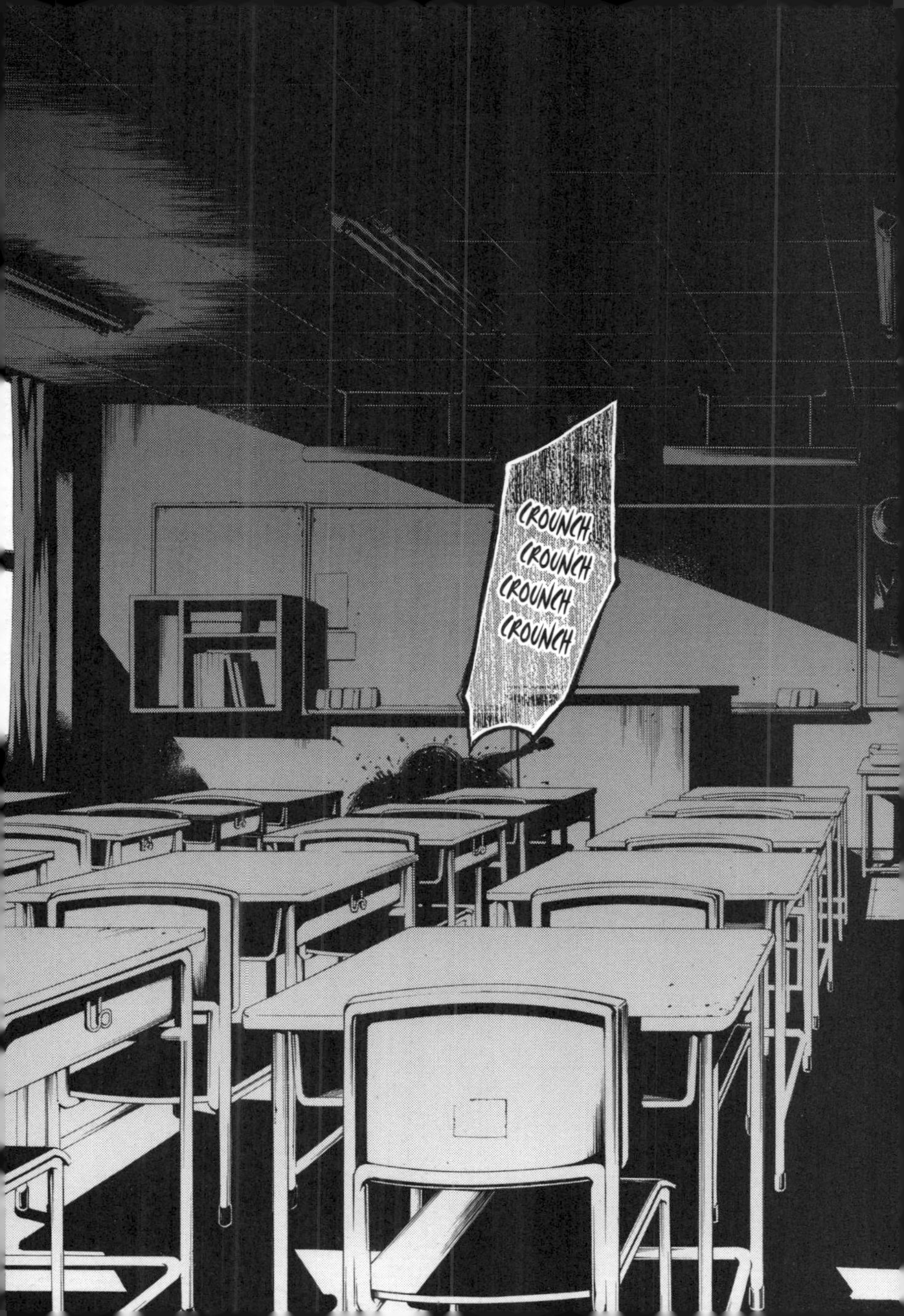
CROUNCH
CROUNCH
CROUNCH
CROUNCH

TOUTES LES RÉPONSES À MES QUESTIONS SE TROUVAIENT DANS CETTE SALLE...
QU'EST-CE QUE CES DRÔLES D'ÉLÈVES MANIGANÇAIENT ?
QU'EST-CE QUI ARRIVAIT AUX GENS SÉLECTIONNÉS POUR EUX ?
EST-CE QUE SATÔ ALLAIT BIEN ?
ENCORE UN PAS... À PEINE UN TOUT PETIT PAS !
SI J'ÉTAIS ENTRÉ, J'AURAIS ENFIN SU LA VÉRITÉ...
MAIS MON PIED A REFUSÉ DE BOUGER D'UN MILLIMÈTRE !

DES BRUITS SINISTRES PROVENAIENT DE L'INTÉRIEUR...
L'ODEUR ENTÊTANTE DU SANG ET DE LA CHAIR M'A STOPPÉ NET DANS MON ÉLAN... TOUT À COUP, JE N'AI PLUS RIEN VOULU SAVOIR DE CE QUI SE TRAMAIT !
CROUNCH
CROUNCH
CROUNCH
CROUNCH
À CET INSTANT PRÉCIS, JE NE PENSAIS QU'À UNE CHOSE...
ME JUSTIFIER EN ME DISANT QUE, DE TOUTE FAÇON, JE N'AURAIS RIEN PU FAIRE !
MÊME SI JE N'AVAIS PAS DIT À HARUKA QUE SATÔ ÉTAIT LA REINE DES LOSERS...
MÊME SI JE NE LUI AVAIS PAS DONNÉ RENDEZ-VOUS DANS NOTRE CLASSE...
MÊME SI J'AVAIS REMARQUÉ PLUS TÔT QU'ELLE M'AVAIT TÉLÉPHONÉ...
ET MÊME SI J'AVAIS RÉUSSI À PÉNÉTRER DANS CETTE PIÈCE, AU FINAL...
BRR
BRR
ÇA N'AURAIT RIEN CHANGÉ... JE N'AURAIS PAS ÉTÉ EN MESURE D'AIDER SATÔ, TOUT SIMPLEMENT PARCE QU'ELLE ÉTAIT DÉJÀ MORTE !

AU... AU SECOURS... PITIÉ !

NON...
NOOOOOOOON !!!
ALLÔ, C'EST SATÔ... EXCUSE-MOI, MURAI ! JE VIENS JUSTE DE M'APERCEVOIR QUE TU AVAIS ESSAYÉ DE ME JOINDRE...

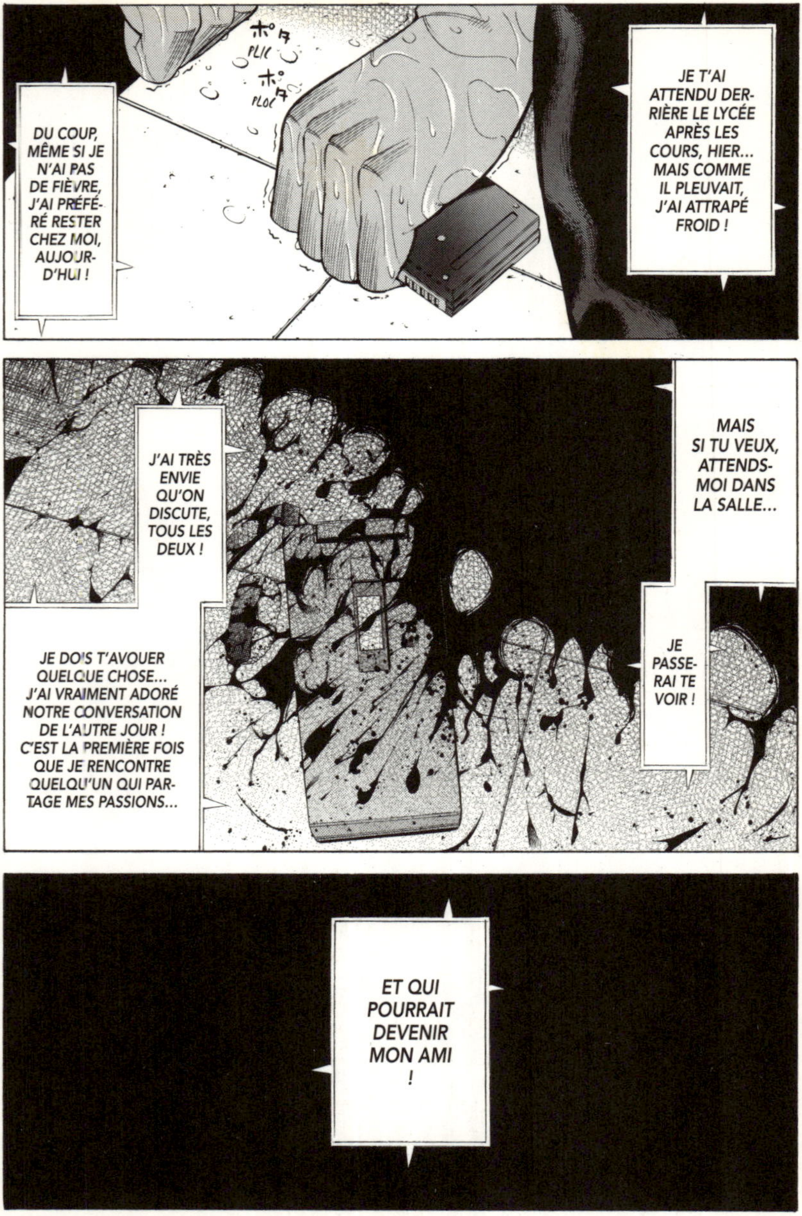
JE T'AI ATTENDU DERRIÈRE LE LYCÉE APRÈS LES COURS, HIER... MAIS COMME IL PLEUVAIT, J'AI ATTRAPÉ FROID !
ポタ PLIC
ポタ PLOC
DU COUP, MÊME SI JE N'AI PAS DE FIÈVRE, J'AI PRÉFÉRÉ RESTER CHEZ MOI, AUJOURD'HUI !
MAIS SI TU VEUX, ATTENDS-MOI DANS LA SALLE...
JE PASSERAI TE VOIR !
J'AI TRÈS ENVIE QU'ON DISCUTE, TOUS LES DEUX !
JE DOIS T'AVOUER QUELQUE CHOSE... J'AI VRAIMENT ADORÉ NOTRE CONVERSATION DE L'AUTRE JOUR ! C'EST LA PREMIÈRE FOIS QUE JE RENCONTRE QUELQU'UN QUI PARTAGE MES PASSIONS...
ET QUI POURRAIT DEVENIR MON AMI !

Épisode 4

PLIC
HAN
PLOC
HAN
TOUT VA BIEN, MASA-HIKO...
PAS LA PEINE DE PLEURER COMME ÇA !
POF
ON N'A PAS EU DE BOL, CE COUP-CI...
MAIS ON FERA MIEUX MERCREDI PROCHAIN !

SCRITCH
SCRITCH
SCRITCH
AAAAAAAAAAAH !!!
C'EST PAS VRAI !
SCRITCH
SCRITCH
SCRITCH
BON SANG !!
SCRITCH
SCRITCH
RAAAH !!!

GH...
SATÔ ...
QU'EST-CE QUE TU PENSES D'ELLE ? PARCE QUE MOI, SI ON ME PROPOSAIT DE SORTIR AVEC ELLE, JE NE DIRAIS PAS NON !
C'EST VRAI QU'ELLE A CHANGÉ !
ELLE TRAÎNE SOUVENT AVEC MIZUSAWA, C'EST PEUT-ÊTRE POUR ÇA.. EN TOUT CAS, JE LA TROUVE VRAIMENT BIEN FOUTUE !

C'EST CLAIR... SATÔ EST DEVENUE VACHEMENT MIGNONNE !
N'IMPORTE QUOI, ABRUTI ! ELLE ÉTAIT DÉJÀ JOLIE AVANT !
C'EST JUSTE QU'ON LA TROU-VAIT RINGARDE ET UN PEU SPÉCIALE...
ENFIN BON... DISONS QUE LA VÉRITABLE SATÔ S'EST ENFIN RÉVÉLÉE !

BAM
EH !!
MAIS QU'EST-CE QUI TE PREND, MURAI ?
T... TU...
N... NE...
DOIS PAS...
DIRE DES CHOSES PAREILLES !
...

BIP
カチ
BIP
カチ
BIP
カチ
ALLÔ ?
EXCUSEZ-MOI, JE SUIS BIEN CHEZ LES YAMADA ?
JE SUIS LE PROFESSEUR PRINCIPAL DE VOTRE FILS...
AH, OUI, BIEN SÛR... IL M'A DÉJÀ PARLÉ DE VOUS !
MADAME, JE VOUS APPELLE PARCE QUE J'AURAIS UNE QUESTION À VOUS POSER...
VOUS N'AVEZ RIEN REMARQUÉ D'ANORMAL CHEZ VOTRE FILS, CES DERNIERS TEMPS ?
Bande de cons !

SI, À VRAI DIRE...
VOUS AUSSI ? C'EST BIZARRE, VOUS NE TROUVEZ PAS ?
IL A PRIS DE NOUVELLES HABITUDES... COMME PAR EXEMPLE SE LAVER : IL DÉTESTAIT ÇA, AVANT, MAIS MAINTENANT IL LE FAIT TOUS LES JOURS !
couic
couic
IL S'EST AUSSI MIS À SOIGNER SON APPARENCE ...
ET IL SE MONTRE TRÈS AIMABLE AVEC NOUS...
COMME LE SERAIT LE FILS D'UNE FAMILLE NORMALE !
BONJOUR, MAMAN !
POUR ÊTRE HONNÊTE, JE SUIS ASSEZ PERTURBÉE... J'AI L'IMPRESSION D'AVOIR AFFAIRE À QUELQU'UN D'AUTRE !
JE VOIS... IL A CHANGÉ DU TOUT AU TOUT !
C'EST ÇA...

EN DÉFINITIVE, C'EST DEVENU UN BON GARÇON !
QUOI ?
C... COMMENT ÇA ?
C'EST POURTANT FACILE À COMPRENDRE ! LUI QUI ÉTAIT SI SALE ET QUI SENTAIT SI MAUVAIS... J'AI BEAU ÊTRE SA MÈRE...
MÊME MOI, JE LE TROUVAIS RÉPUGNANT !
ATTENDEZ, MAIS...
C'EST DE VOTRE FILS QU'IL S'AGIT !
ÇA NE VOUS DÉRANGE PAS QU'IL SOIT DEVENU QUELQU'UN D'AUTRE DU JOUR AU LENDEMAIN ?!
MONSIEUR, C'EST VOUS QUI NE COMPRENEZ PAS ! C'EST MOI QUI AI ÉTÉ OBLIGÉE DE TRAÎNER CE BOULET PENDANT DES ANNÉES... VRAIMENT, VOUS NE VOUS RENDEZ PAS COMPTE !
C'EST MOI QUI AI DÛ ÉLEVER UN ENFANT PAREIL...

ET JE PENSE AVOIR LE DROIT DE DIRE QUE MON FILS EST DEVENU UN BON GARÇON... JE NE VOIS PAS OÙ EST LE PROBLÈME !
CLIC
TUT TUT TUT
N'IMPORTE QUOI...
ÇA FAIT DEUX SEMAINES QU'ON ASSISTE À DE GROS CHANGEMENTS, ET PERSONNE N'A L'AIR DE S'EN INQUIÉTER !
AU CONTRAIRE...
TOUT LE MONDE SEMBLE CONTENT !
CLAC

PAF
OÙ T'ÉTAIS PASSÉ ?
GH...
JE CROYAIS T'AVOIR DEMANDÉ D'ÊTRE À LA MAISON POUR M'APPORTER À BOUFFER MATIN ET SOIR !
CROC CROC
PA...
BAM

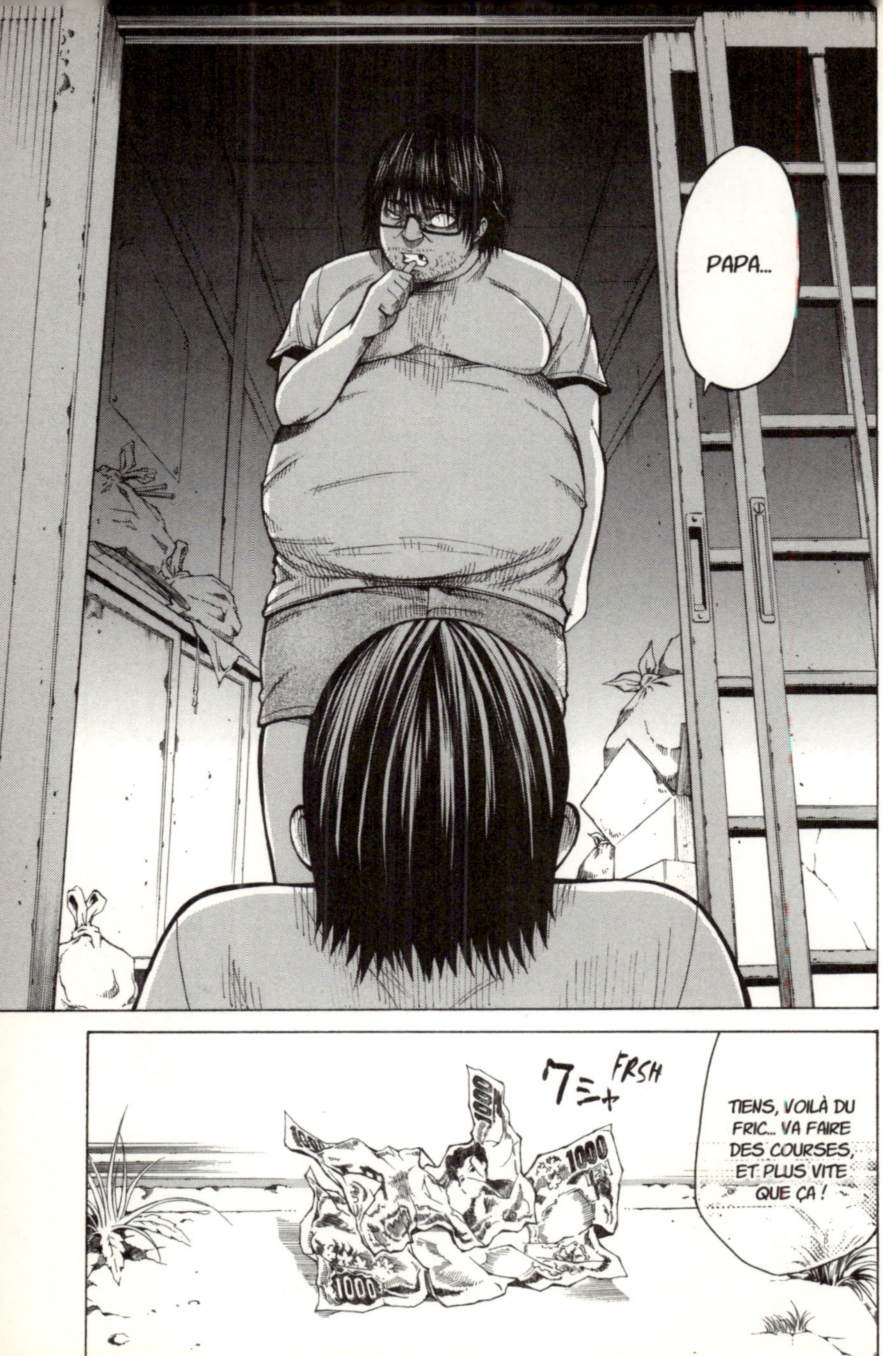
PAPA...
クシャ FRSH
TIENS, VOILÀ DU FRIC... VA FAIRE DES COURSES, ET PLUS VITE QUE ÇA !

...
TOUT ...
ÇA...
C'EST DE TA FAUTE !
TOUT CE QUI M'ARRIVE, C'EST À CAUSE DE TOI !
SI JE DOIS ENDURER TOUT ÇA...
BAM
SI YAMADA ET SATÔ ONT DISPARU...
BAM
BAM
ET SI MAMAN S'EST SUICIDÉE...
BAAM
TOUS CES PROBLÈMES ...

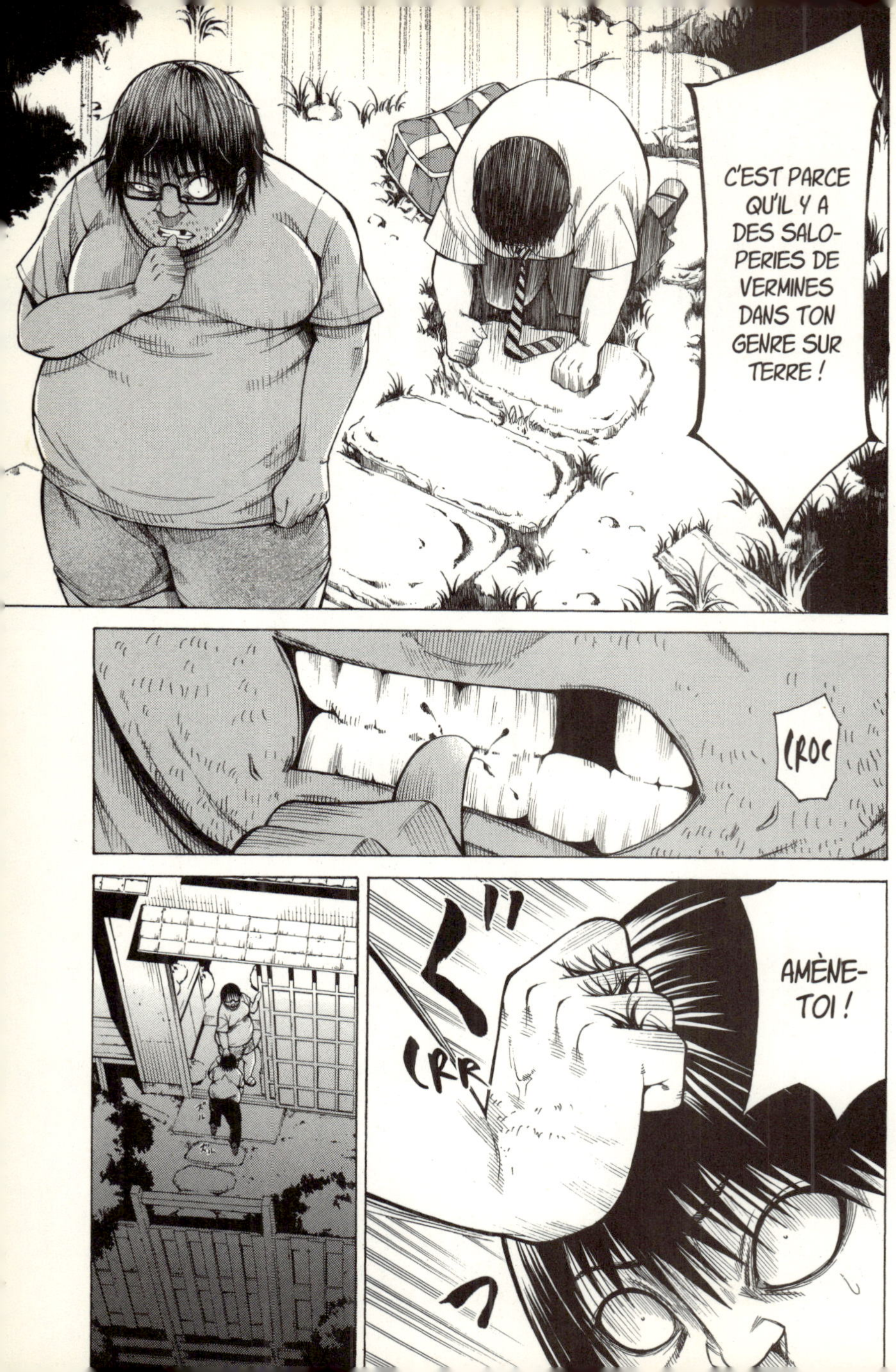
C'EST PARCE QU'IL Y A DES SALOPERIES DE VERMINES DANS TON GENRE SUR TERRE !
CROC
AMÈNE-TOI !
CRR

PLAF
ALORS COMME ÇA, JE T'AI POURRI LA VIE, HEIN ?
TRÈS BIEN...
DANS CE CAS, EXPLIQUE-MOI COMMENT TU PEUX ÊTRE AUSSI GROS...
?
COMMENT C'EST POSSIBLE QUE TA CHAMBRE DÉBORDE D'UN BRIC-À-BRAC PAREIL...
ET COMMENT TU ARRIVES À ALLER DANS UN LYCÉE PRIVÉ !

JE VAIS TE LE DIRE, MOI : TOUT ÇA, C'EST GRÂCE AU FRIC DE L'ASSURANCE-VIE !
ALORS ...
VSH
TES FIGURINES À LA CON ...
VLAN
TON ORDINATEUR ...
CRAC
TA CONSOLE DE JEU...
BAM
TOUTES...
CES PUTAINS ...
CRAC
DE MERDES ...
VLAN
C'EST PARCE QUE TA MÈRE S'EST SUICIDÉE QUE T'AS PU LES ACHETER !!
CRAC

TON SANG ET TA CHAIR ...
C'EST COMME S'ILS PROVENAIENT DU CADAVRE DE TA MÈRE !
POF
ARRÊTE... FERME-LA...
ESPÈCE D'ASSASSIN !!
JE SUIS AU COURANT... JE SAIS QUE TU AS TUÉ HARUKA MIZUSAWA !

COMMENT ÇA, TU ES AU COURANT ?
TU RACONTES N'IMPORTE QUOI, JE... OH, ET PUIS MERDE !
TU AS RAISON, C'EST BIEN MOI QUI L'AI BUTÉE !
EN REVANCHE, JE SUIS CURIEUX DE SAVOIR COMMENT TU L'AS APPRIS...
HA HA... ÇA Y EST, J'AI PIGÉ !
CE JOUR-LÀ...
TU ÉTAIS À LA MAISON, PAS VRAI ?

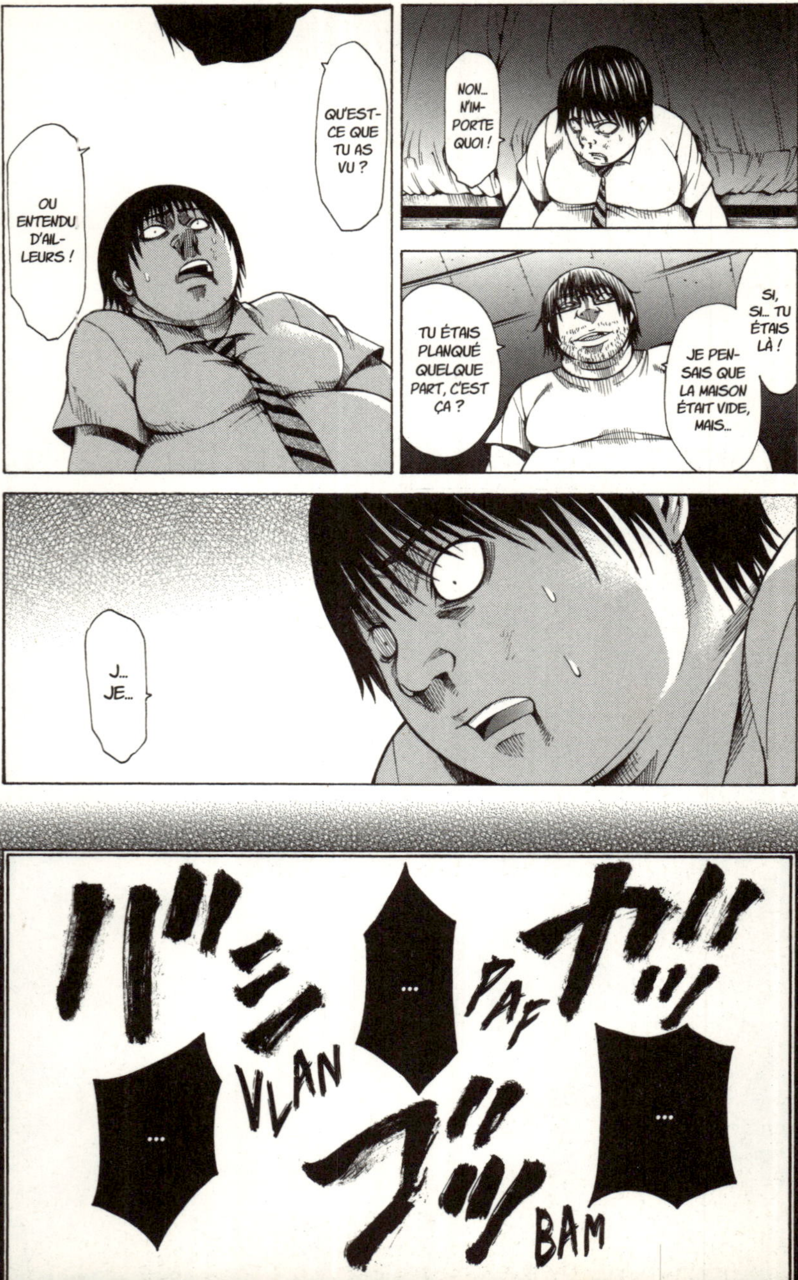
NON... N'IMPORTE QUOI !
SI, SI... TU ÉTAIS LÀ !
JE PENSAIS QUE LA MAISON ÉTAIT VIDE, MAIS...
TU ÉTAIS PLANQUÉ QUELQUE PART, C'EST ÇA ?
QU'EST-CE QUE TU AS VU ?
OU ENTENDU D'AILLEURS !
J... JE...
...
PAF
...
VLAN
...
BAM

TA GUEULE ! TIENS-TOI TRANQUIL-LE !
PAF
PAPA ET MAMAN SONT ENCORE EN TRAIN DE SE DISPUTER ?
ARRÊ...
CRAC
SNIF SNIF
TIENS ? CETTE ODEUR... C'EST CELLE DE HARUKA !
VOILÀ, C'EST ÇA... CONTINUE À LA FERMER !
CE SERA VITE TERMINÉ...
VSH
AU... AU SECOURS... PITIÉ !

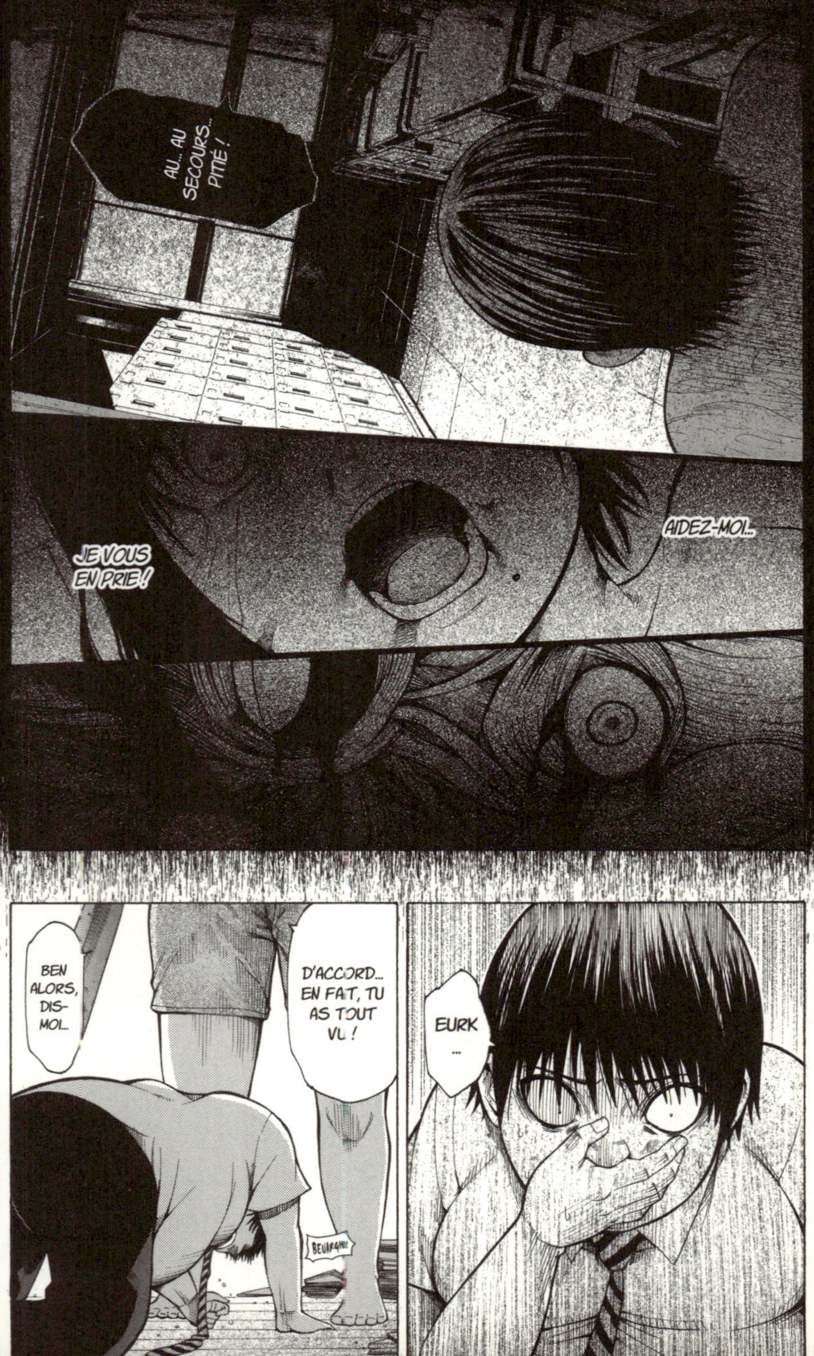

AU... AU SECOURS... PITIÉ !
AIDEZ-MOI...
JE VOUS EN PRIE !
EURK ...
D'ACCORD... EN FAIT, TU AS TOUT VU !
BEN ALORS, DIS-MOI...
BEUARGH!!

POURQUOI TU N'ES PAS VENU AIDER HA-RUKA ?
MÊME SI TU N'ÉTAIS QU'UN GAMIN, TU AURAIS PU APPELER QUELQU'UN ...
LE MINIMUM AURAIT ÉTÉ DE DIRE AUX FLICS CE QUE TU AVAIS VU !
POUR-QUOI TU NE L'AS PAS FAIT ?
JE N'EN SAIS RIEN ...
J'AI VU QUE DALLE ...
MASA-HIKO !
ARGH ...
PAF
TU M'AS TRAITÉ DE SALOPERIE DE VERMINE, TOUT À L'HEURE...
PAF
SI J'EN SUIS UNE, QU'EST-CE QUE TU ES, TOI ?!
VLAN
TU N'AS PAS LE COURAGE DE QUITTER LA MAISON POUR ALLER VIVRE TOUT SEUL, ET TU RENDS TON PÈRE RESPONSABLE DE TOUS TES MALHEURS !
VLAN
TU FAIS TON PETIT MALIN, MAIS TU N'AS MÊME PAS LE CRAN D'ALLER AU SECOURS DE QUELQU'UN ! TU SAIS CE QUE TU ES ?!
PAF
PAF

PAF
RÉPONDS-MOI QUAND JE TE PARLE !
ALORS ?!
PAF
TOI QUI VIS SOUS LE TOIT D'UNE SALOPERIE DE VERMINE, TU ES QUOI, AU JUSTE ?!
PAF
JE... JE...
JE SUIS...
JE SUIS...
HAN
HAN
BAH, LAISSE TOMBER... DORÉNAVANT, JE VEUX QUE TU FERMES TA GUEULE ET QUE TU T'OC-CUPES DE MES REPAS !
SI TU OBÉIS, JE TE FILERAI DE QUOI VIVRE !

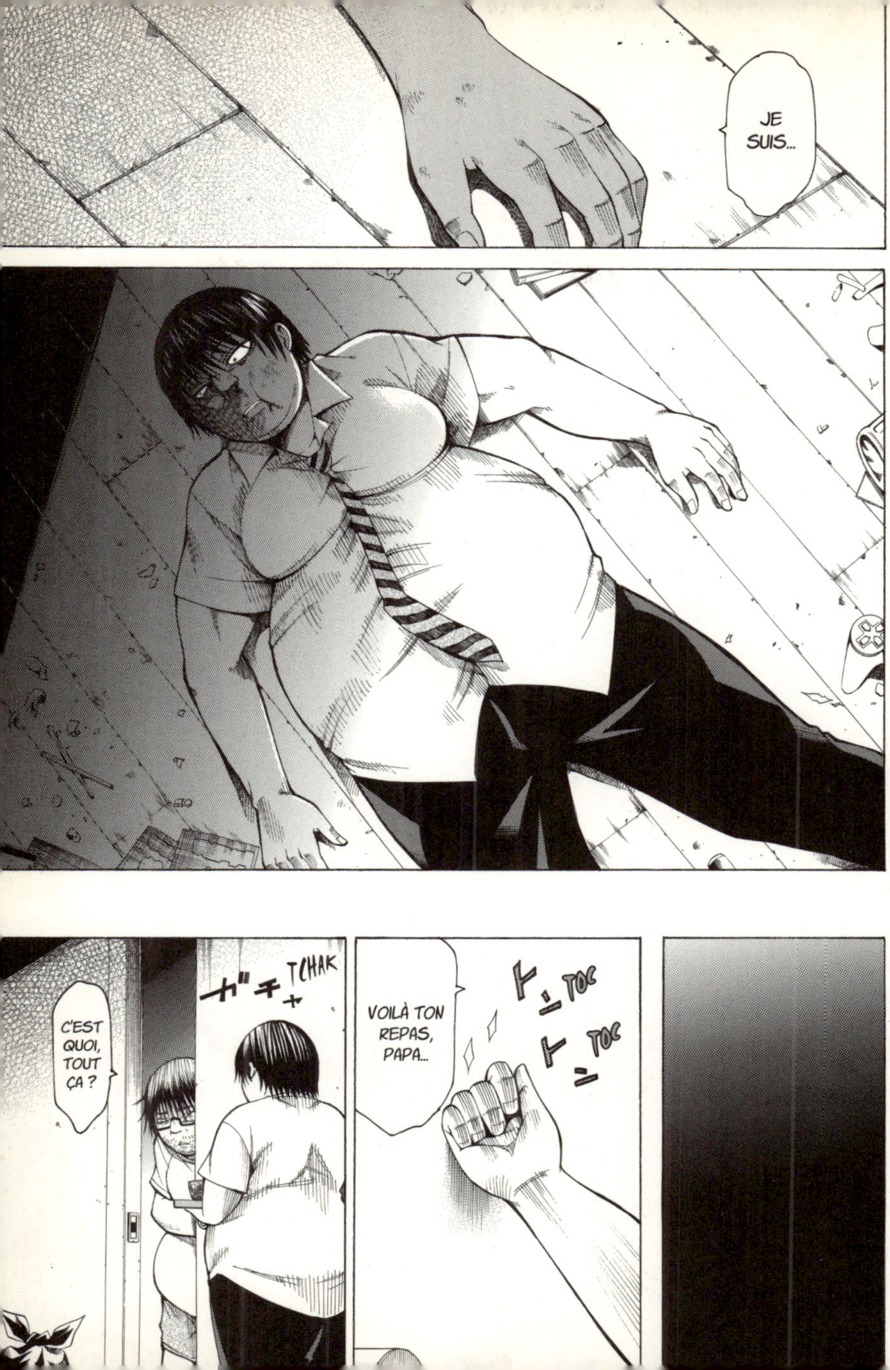
JE SUIS...
トン TOC
トン TOC
VOILÀ TON REPAS, PAPA...
ガチャ TCHAK
C'EST QUOI, TOUT ÇA ?

BEN... EN FAIT, J'AI TOUT PRÉPARÉ MOI-MÊME !
VRAIMENT ?
OUI... MAIS SI TU N'EN VEUX PAS, JE PEUX ALLER T'ACHETER UN PLAT CUISINÉ AU MAGASIN !
...
NON, ÇA IRA ...
FSH
EUH... PAPA ? JE M'EXCUSE POUR TOUT À L'HEURE...
J'AI COMPRIS QUE SANS TOI, JE NE POURRAIS PAS VIVRE !
À PARTIR D'AUJOURD'HUI, TU AURAS DROIT À DES REPAS FAITS MAISON... J'ESPÈRE QU'ILS SERONT À TON GOÛT !
BON, ÇA VA...

DIS DONC, MASAHIKO... ON EST DÉJÀ MERCREDI !
TOUT EST PRÊT ?
BIEN SÛR... ET CETTE FOIS, JE SUIS CERTAIN QUE TU NE SERAS PAS DÉÇUE !
AH OUI ? ♡
QUI C'EST ? ALLEZ, CRACHE LE MORCEAU ! S'IL TE PLAÎT ! ♡
...

IL S'APPELLE YASUHISA MURAI...
C'EST MON PÈRE !

SANS DÉCONNER ?
SUPER ...
VOILÀ QUI PROMET D'ÊTRE INTÉRESSANT !

IL EST DANS CETTE PIÈCE !
OK...
MAIS TU ES SÛR QU'IL VA SE LAISSER FAIRE ?
NE T'INQUIÈTE PAS POUR ÇA...
IL DORT À POINGS FERMÉS... J'AI ASSAISONNÉ SON REPAS AVEC DES SOMNIFÈRES !
TOUT VA BIEN, DANS CE CAS...
...
CLAC
BON, JE TE POSE LA QUESTION UNE DERNIÈRE FOIS, MASAHIKO...
TU ES VRAIMENT SÛR DE TOI ?

IL N'Y A AUCUN PROBLÈME, JE T'ASSURE !
D'ACCORD ...
ガチャ
CLAC
PUISQUE TU LE DIS...
VLAN
JE VAIS BIEN EN PROFITER !
FSH
ズズ…
FSHHH

DERRIÈRE CETTE PORTE, MON PÈRE EST EN TRAIN DE SE FAIRE TUER...
ET JE NE VERSERAI PAS UNE SEULE LARME POUR LUI...
AU CONTRAIRE !

FSH
フ…
ÇA FAIT UNE HEURE... JE PENSE QUE C'EST BON...
CRIII
ガチャ
HAN
HAN

ギ!!
CRIC
ギ
CRIC
ギ
CRIC
...
COMMENT TU TE SENS ?
QU...
QU'EST-CE QUE TU M'AS FAIT ?
HAN
HAN

DU POISON...
DU QUOI ?
CE NE SONT PAS DES SOMNIFÈRES QUE J'AI FAIT GOBER EN DOUCE À MON PÈRE...
MAIS UN PRODUIT TOXIQUE À EFFET PROGRESSIF !
APRÈS L'AVOIR SOIGNEUSEMENT DILUÉ, JE L'AI MÉLANGÉ À SA BOUFFE PENDANT CINQ JOURS, SOIT DIX REPAS...
EN GROS, SON CORPS EST DEVENU...
UNE ÉNORME MASSE DE POISON !
ET COMME JE L'AI... MOI AUSSI, JE...
HAN
HAN
HI... HI HI...
C'EST VRAIMENT HORRIBLE !
HAN
C'ÉTAIT TON PÈRE, QUAND MÊME... ET TOI, TU N'AS PAS HÉSITÉ À L'EMPOISONNER...
SI J'AVAIS REFUSÉ TON OFFRANDE, IL AURAIT FINI PAR CREVER DE TOUTE FAÇON !
ÉVIDEMMENT, À CAUSE DE SON INTOXICATION...
EH BEN ÇA ALORS... J'EN SUIS COMME DEUX RONDS DE FLAN ! TU TE RENDS COMPTE DE CE QUE TU AS FAIT ?
SACRIFIER SON PATERNEL POUR EMPOISONNER SA COPINE...
C'EST LÂCHE, ABJECT, IGNOBLE ET SOURNOIS !
COMME QUOI JE SUIS CAPABLE DE CE GENRE DE CHOSES...

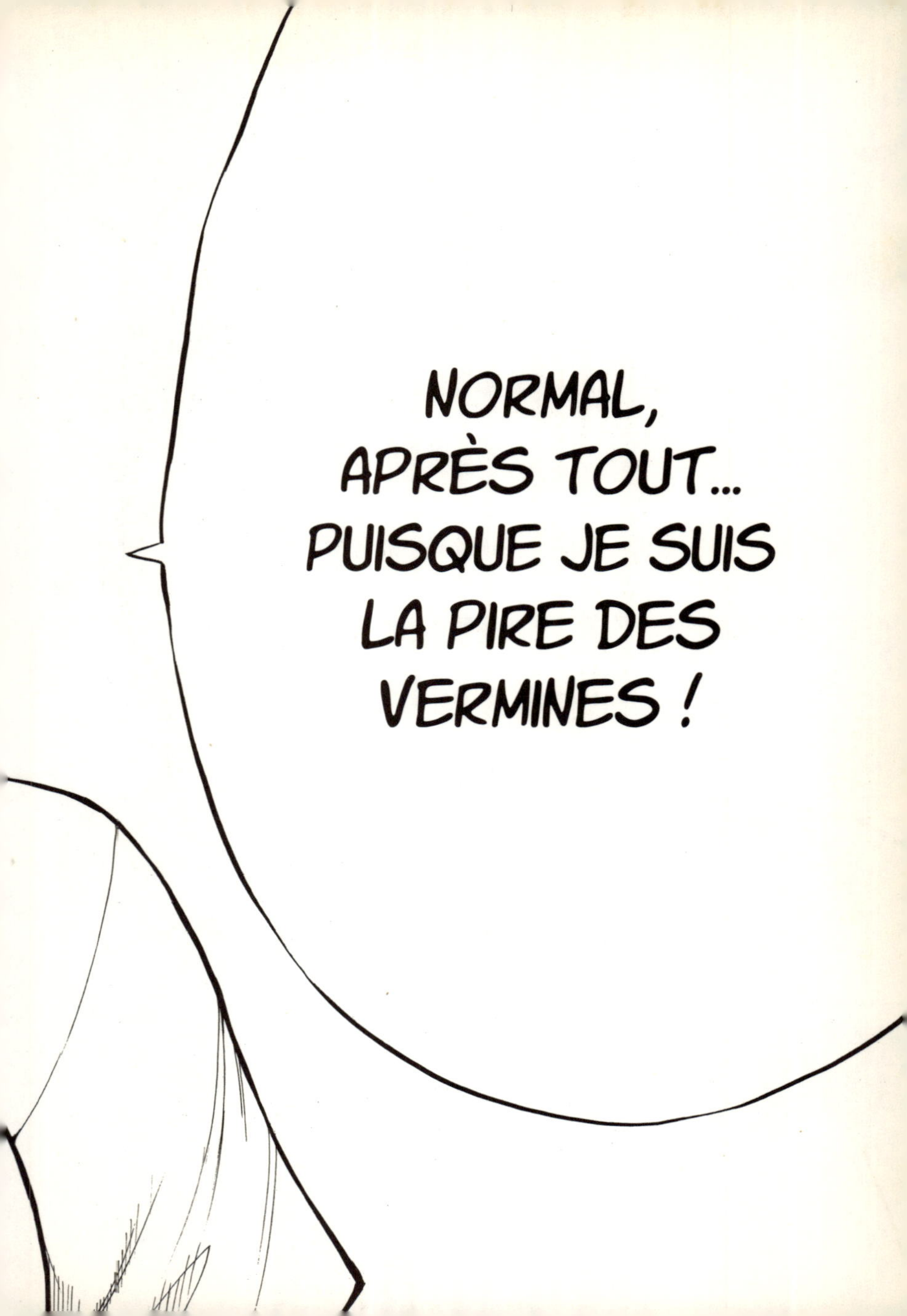
NORMAL, APRÈS TOUT... PUISQUE JE SUIS LA PIRE DES VERMINES !

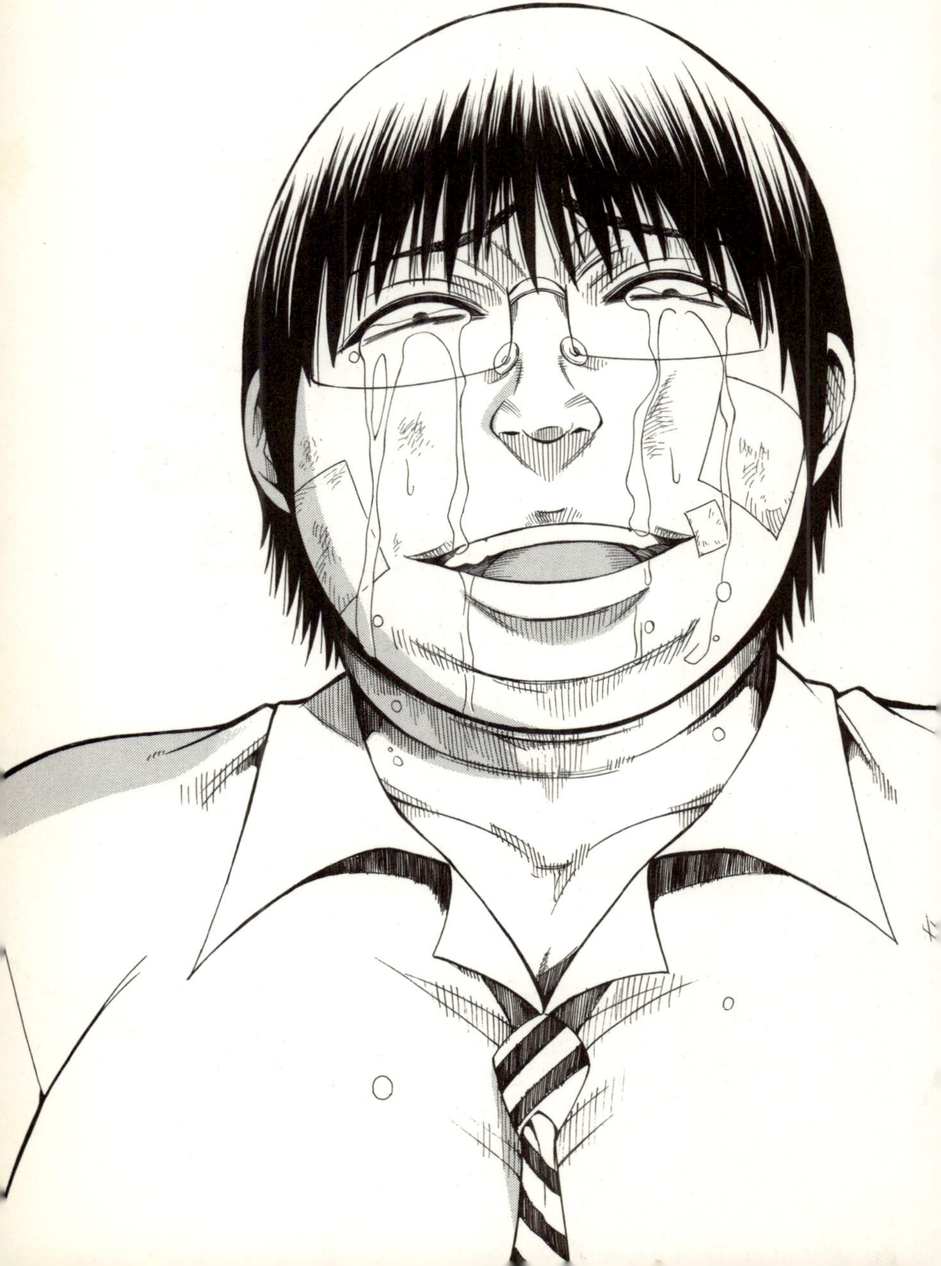

...
ATTENDS... C'EST ÇA, TON EXCUSE ?
MAIS D'APRÈS TOI, CES PERSONNES NE MÉRITENT PAS DE VIVRE... ALORS QUOI ?
TU VAS TE SUICIDER ?
BONNE IDÉE... JE VAIS Y RÉFLÉCHIR !
EN TOUT CAS...
CRR
J'AI BIEN L'INTENTION DE T'EMMENER AVEC MOI DANS L'AUTRE MONDE !
FSHHH

ARRÊTE... C'EST VRAIMENT PAS DRÔLE !
A... ARRÊTE, JE TE DIS ! NE ME TUE PAS...
PARDON, MAMAN...
JE N'AI PAS TENU MA PROMESSE !
CRÈVE, ESPÈCE DE SALE MONSTRE !!
VSHH

JE TE FAISAIS MARCHER ! ♡
HEIN ?!
GRRR
HI HI !

CRAC
?!
ELLE M'A CASSÉ LA JAMBE !
PLAF
GRR
AAAH !!
CRAC

DÉSOLÉE, MON GROS... C'EST PAS DE BOL ! ♡
VSH
IL N'Y AVAIT PAS ASSEZ DE POISON ...
J'AI JUSTE SENTI COMME UN PETIT PI-COTEMENT !
FUIT
FSHH
CRAC
SPROTCH
TU ÉTAIS VACHEMENT SÉRIEUX POUR TON GRAND DÉ-BALLAGE...
J'AI MÊME COMMENCÉ À ME FAIRE DU SOUCI, PARCE QUE JE NE RECONNAIS-SAIS PLUS MON PETIT MASAHIKO ADORÉ !

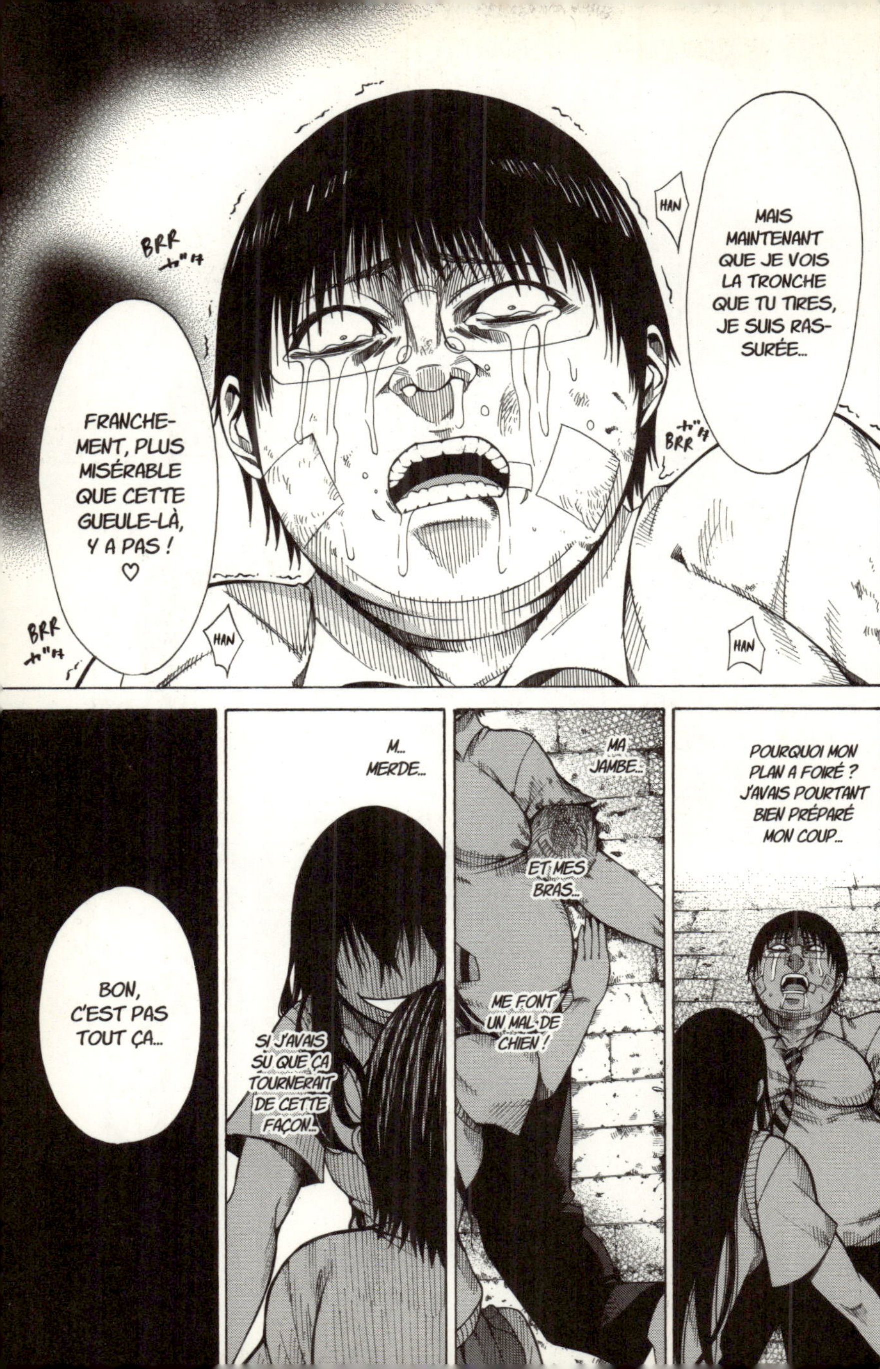

MAIS MAINTENANT QUE JE VOIS LA TRONCHE QUE TU TIRES, JE SUIS RASSURÉE...
HAN
BRR
FRANCHEMENT, PLUS MISÉRABLE QUE CETTE GUEULE-LÀ, Y A PAS ! ♡
BRR
HAN
BRR
HAN
POURQUOI MON PLAN A FOIRÉ ? J'AVAIS POURTANT BIEN PRÉPARÉ MON COUP...
MA JAMBE...
ET MES BRAS...
ME FONT UN MAL DE CHIEN !
M... MERDE...
SI J'AVAIS SU QUE ÇA TOURNERAIT DE CETTE FAÇON...
BON, C'EST PAS TOUT ÇA...

MAIS J'AI UN PETIT CREUX, MOI !

Épisode 4 : L'odeur de la vermine

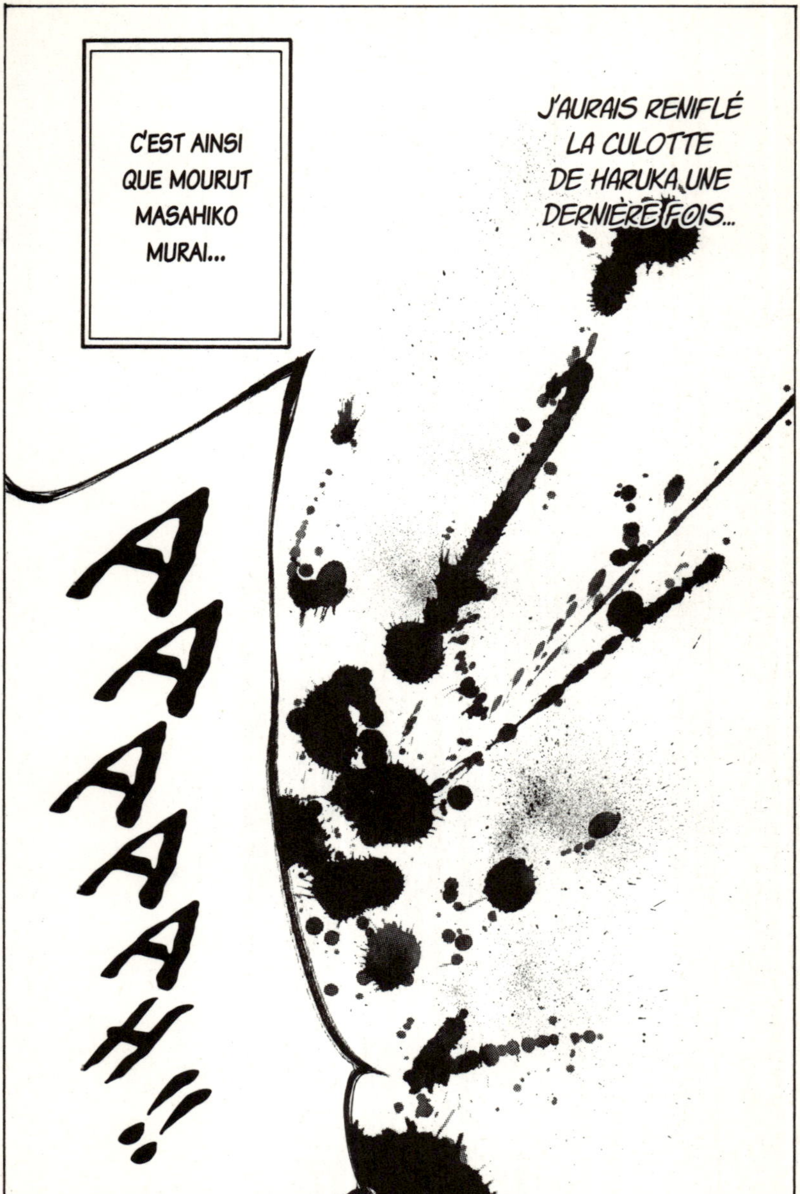
C'EST AINSI QUE MOURUT MASAHIKO MURAI...
J'AURAIS RENIFLÉ LA CULOTTE DE HARUKA UNE DERNIÈRE FOIS...
AAAAAAH!!

À suivre…

Scumbag Loser

DANS LE PROCHAIN TOME...
HMM ...
MASAHIKO A CRU QUE SA DERNIÈRE HEURE ÉTAIT ARRIVÉE, MAIS...
C'EST MOI, ÇA ?
BONJOUR, MASAHIKO...
HARUKA ?!
FÉLICITATIONS... TU AS RESSUSCITÉ !

UN TOUT NOUVEAU MASAHIKO ENTRE EN SCÈNE...

OU PEUT-ÊTRE PAS !!

Scumbag Loser CONTINUE...

Editions
Ki-oon
www.ki-oon.com
L'Île de Hôzuki
RÈGLE N° 1 :
NE JAMAIS FAIRE
CONFIANCE AUX
ADULTES...
1
L'Île de Hôzuki
Kei Sanbe
2
L'Île de Hôzuki
Kei Sanbe
© Kei Sanbe / SQUARE ENIX CO., LTD.

LE BERCEAU DES ESPRITS
Une classe piégée au milieu des zombies...
... dans un bateau retourné en pleine mer !
OCEAN CRADLE
BERCEAU DES ESPRITS 1
BERCEAU DES ESPRITS 2
PAR L'AUTEUR DE
L'ÎLE DE HÔZUKI
Editions Ki-oon
www.ki-oon.com
© Kei Sanbe / SQUARE ENIX CO., LTD.

PROPHECY
TWEETEZ, COMMENTEZ, PARTAGEZ... ASSASSINEZ.
TOME 1 & 2
DISPONIBLES !
TETSUYA TSUTSUI
PROPHECY
02
[REC]
TETSUYA TSUTSUI
PROPHECY
01
[REC]
© Tetsuya Tsutsui / Ki-oon
Editions
Ki-oon
www.ki-oon.com